九流女太醫

下

閑冬 著

風文創 1074

目錄

第十一章

成雲開直接走到寨子前，立馬有人攔住了他。

只見成雲開不急不緩的從懷中掏出了一個東西，那土匪接了過來看了下，又抬頭打量了他幾眼，隨後才進了寨子通報。

成雲開在外面候著，行若無事地和其他看守寨子的山匪寒暄著，還時不時的朝蘭亭亭那邊看上幾眼，安撫著她。

不遠處的蘭亭亭已然被他這一連串的舉動驚得夠嗆。

這是在走後門嗎？他是幾時和這些山匪有過瓜葛了，怎麼兩方好像認識的樣子？

蘭亭亭回想了許久，也沒想到什麼線索。

成雲開對熙王的底細已摸得清清楚楚，就在不遠的將來，熙王將有所行動，舉兵謀反，因此這些年來熙王除了布局掌握朝中的權力之外，還積極養兵要擁有自己的軍隊，而臨即，便是他培養的其中一支部隊的所在地。

這是熙王起兵謀反之時才用上的底牌，這個時期自然沒有告訴過成雲開。

然而上一世經歷過熙王起事的成雲開早就見過這張底牌，也知道能調遣這張底牌的密令長什麼樣子，他早已私下拿到手以備不時之需，方才給他們看的，便是這世間鮮有的密令。

果不其然，寨子裡通報的人很快回來了，立馬打開寨門請他進去。

成雲開上一世就見過這群山匪的首領刀綏遠，進入寨子後只見刀綏遠穿著他們獨特的衣飾迎了過來，表面上笑得熱情，但眼中有著審視和懷疑。

「王爺這是何事呀？飛鴿一封吩咐我不就好了，何必特地派大人親自前來？」

成雲開笑道：「頭一回見到刀寨主，一點小禮，不成敬意。」說著，他從懷中掏出來一疊銀票，放到刀綏遠手中。

刀綏遠撣了撣銀票，估算了下金額，心滿意足地笑道：「大人真是客氣了，怎麼稱呼？」

成雲開道：「沈泉。」

他敢用沈泉的名號，自然是心中有數不會輕易被發現。

沈泉死了至今不過半個多月，按照他宅子裡翻出的書信來看，他每月月初才會同臨即這邊書信往來，如今正是月底，上次書信往來之時，沈泉人還好好的，因此刀綏遠並不知道沈泉的死訊。

刀綏遠恍然大悟。「書信往來了許久，這回可算是見到了沈大人的真容，不知這回大老遠來我這兒，是為何事呀？」

「聽聞近來知府有剿匪的打算，王爺命我來此察看有沒有問題，順便來瞅瞅刀寨主這兵練得如何。」

「剿匪都是說說而已，請王爺不必擔心，至於這練兵一事，刀某自然是不敢懈怠。」

刀綏遠掀開簾子，望向山下，指了指遠處一片微弱的燈火，那裡有一排排的房子。

「今日夜色已晚，不如明日一早，我再請沈大人去瞧瞧。」

「也好。」一成雲開四處看了看，又對刀綏遠笑道：「我今日從城裡過來，發現這臨即的百姓都對你這山寨頗為瞭解，不知知府為何人，卻能叫出刀寨主的大名，看來這練兵的空檔刀寨主也經常下山呀，我得跟王爺反應反應，該給寨子裡多些軍餉了，總不能還煩勞刀寨主親自出去找財路。」

刀綏遠聽著聽著便覺這語氣不對，連忙擺手道：「這是哪裡的話！我刀綏遠只有熙王一個救命恩人，他交代給我的事，我自然是全力去辦，至於城裡百姓對我那些個殺人越貨的說法，大人有所不知，定是有人打著我的名號去做的，我們全寨上下從來都是盡心盡力，明日去了營裡，您一看便知。」

成雲開聽得大笑了起來，笑得刀綏遠心裡有些發毛。

「寨主莫要慌張，財路若是不通，大可同我說來，但若是找些別的路子，令王爺不悅，那後果可就難說了。」

刀綏遠自然不是傻子，這「沈泉」敢如此說，想必是真聽到了些風聲，他賠笑道：「還請大人指點？」

「王爺讓你養兵，是為了什麼？」

刀綏遠沒想到他竟問得如此直白，連忙道：「自然是為了能有實權，其他的，我自不敢揣度。」

「不錯。」成雲開斂色道：「但你做了什麼？背著王爺給陳國兜售情報！莫以為別人都不知道，如今事態敗露又殺人滅口，我且問你，王爺在此處留有兵力一事，你是不是也賣給了陳國的密探？」

刀綏遠連忙關上了窗，慌忙道：「自然沒有！大人著實冤枉了在下，什麼陳國密探，我一概不知！」

成雲開微眯著眼盯著他。「昨日劫囚一事，可是你做的？」

刀綏遠心虛道：「這……若說是劫囚一事，的確是我做的，但我也只是收錢辦事，其他的都不管，那人在我這裡就過一夜，明日便會離開。這劫囚殺人，於我不過尋常事情，別的心思我可是一點都沒有。」

「那你可知，你這次劫的是陳國的使臣，若是他在這裡發現了王爺的部隊，消息傳回陳國，你可知王爺會如何處理你？」

刀綏遠驚得後退兩步，連忙命人去寨子後面的木屋檢查鐘江是否還在。

成雲開又道：「他可有送出任何信件過？」

刀綏遠連忙回道：「沒有沒有，我們只給了他吃的喝的。」

「是嗎？但為什麼我卻劫到了你們這裡飛出去的信鴿？」

成雲開來之前的確在路上看到了從這寨子當中飛出去的信鴿，但不能確定是否是鐘江所為，此言，也是為了詐一詐他，卻沒想到真讓他給矇著了。

只見刀綏遠支支吾吾了半天，才愁苦著臉承認。

「我們今日的確丟失了一隻信鴿。」

見成雲開神色微怒，他又連忙解釋。

「但我保證，那信鴿定然不會飛往陳國，丟的那隻是我常年用來和王爺書信往來的。」

「你這裡有多少隻信鴿？」

「十餘隻。」

「都是飛往京城的？」

刀綏遠道：「不盡是，有的飛往邊城。我們做標記時會將各地的名稱混寫，以防有外人搶走作為己用，鐘江應當就是被這個手段矇騙了。」

成雲開挑眉。「你方才為何不跟我老實交代？」

刀綏遠賠笑道：「這不是沒真出岔子嗎。」

說罷，小廝進來稟報，鐘江仍在木屋中，還未離開。

成雲開看了眼刀綏遠，道：「我去看看，你不要跟著我，以免引他懷疑。」

刀綏遠一聽他沒有繼續追究的意思，便命那小廝引路，終於放下心來。

而此時躲在林子裡的蘭亭亭抬頭看了看月亮的位置，離成雲開所說的一個時辰，只剩不到半炷香的時間。

她正糾結是要下山找人，還是繞到後面找地方溜進去時，便見成雲開大步流星地走了出來，由著小廝引向了後院的木屋。

於是她在林子中兜了一圈，也到了那木屋旁邊，成雲開遠遠的給她使了個眼色。

這木屋原是寨子的倉庫，鐘江正躺在麻袋上小憩，聽到外頭有聲音，連忙坐起身，沒想到會見到成雲開大搖大擺的走了進來，還趕走了外面的人，不禁大為震驚。

「鐘大人，好久不見呀。」成雲開笑著打了招呼。

「你怎會在此？」

鐘江防備的向後退了半步，背抵在牆邊。

成雲開走到窗邊，看了看外面小廝走遠的背影，走到了鐘江的身邊，俯身對他道：「其實，我是熙王的人。他與你們太子有密約，我是來救你的。」

鐘江半信半疑，否認道：「我聽不懂你在說什麼。」

「我們王爺在陳國的產業在你們四皇子的打壓下幾乎沒有營收，太子再不上位，王爺很可能會被逼得撤出產業，將來也就不會再給你們提供大燕的情報。」成雲開低聲道：「前一陣子你們的密探秦苒死在太醫院，這回想必你也是來給她處置後事的，王爺只讓我來找你要一樣東西，帳本。」

鐘江聽他說完，便知他的確參與了此事。

「帳本不在我這裡，在秦苒自己的手上，你們善後的時候，難道沒有拿到嗎？」

「只有今年的，前兩年的被她藏起來了。」成雲開道。

鐘江留了個心眼。「她應當用的是我國密探特有的方式，只有我們自己人才知道。」

「好吧。」成雲開看了看外面看守的人，道：「那我先帶你走。」

鐘江回道：「我在等人，還不能走。」

「你等的人過了約定的時間還沒來找你，對嗎？」

鐘江遲疑了，的確，他們約定的時間是今日下午，但是直到現在，陳國的密探還沒有來付錢帶他走人，的確很奇怪。

鐘江還不知道，此人暫時來不了了，馮蒼後來有交代，他早上遇到成雲開前便發現了有一人行蹤鬼祟，正要上山。他發現他的目的是去交錢接人，但此人武功不高，他索性順手劫走了他的銀兩。

這人渾然未覺，後來發現錢袋子不見了，只得先下山再想辦法。

成雲開趁著鐘江疑惑之時，不給他再度思考的時間就把他帶了出去，趁著天色昏暗，他指示鐘江從一旁的小路溜下山，自己則留下先牽制住刀綏遠。

鐘江在慌亂中不得不聽他的，按他所言朝昏暗的山林走去，但沒想到跑著跑著，忽然後背和胸口一陣劇痛，他低頭看到了從自己胸膛伸出的刀子，在月光下，鮮血中，泛著森森的白光。

成雲開在他身後幽幽道：「巧了，我還正巧知道你們特有的藏信的方法，不過還是感謝你，告訴我東西在她那兒。」

鐘江已經無法回話了，他的身體軟了下來，重重趴在地上。

刀綏遠此時才緩緩從後面走來，對成雲開萬分感謝，感謝他幫自己清除了一個障礙，也後怕自己險些做出背叛王爺的事來。

該解決的人已解決了，成雲開隨口胡說一通，順勢就告別了刀綏遠，離開了寨子，潛入來時的山林中，然而卻未看到蘭亭亭的人影，他沿著林子的邊緣轉了一圈，卻什麼也沒有。

心下有種不祥的預感，他沈下心來，回想先前最後看到她的方位，在那附近找到了被扯斷的布條。

一炷香前，蘭亭亭原本還在山林中等待成雲開出來。

她見他殺了鐘江，頗為震驚，正盤算他因何而做此決定時，忽然眼前一黑，有人蒙住了她的臉，將她向林子更深處拖去，她掙扎著卻敵不過對方，掙扎中扯破了袖子，因此留下了一小塊布條，然後便脖頸一痛，暈了過去。

再醒來時，她正在一輛行走顛簸的馬車裡，車廂裡只有她一個人。

外面天色昏暗，她揉了揉痠脹的後頸，貼到車簾旁邊，藉著縫隙望向車外，她隱約聽到了外面兩個人的對話聲。

「鐘江死了，馮蒼跑了，只殺了個司南陳，這時回去也不好交代。」

「這不是還抓了個燕國人嗎？她跟殺鐘江的那個男人應當是一夥的，看看能用她換來些什麼吧。」

駕著馬車的人似乎對這說話的男子很不滿。「都是你在說，要不是你找那山匪頭子來劫車，自己又丟了錢，何至於現在如此進退兩難？」

騎馬的男人也不樂意了。「合著當時爽快答應的人不是你？還吹捧了我半天門路廣，腦子活，要不是我，司南陳還在那兒苟延殘喘呢！」

蘭亭亭聽他們二人對話，大概明白發生了什麼，她見二人越吵越凶，往前努了努，用頭掀開簾子，吐出了口中的粗布道：「二位別吵了，都把我吵醒了！」

駕馬車的男人「吁」了一聲，停住了馬車，蘭亭亭藉著月色看清了他們的去路，是往臨即城裡的土路。

「乖乖回去躺著，小心我們直接殺了妳！」騎馬的男人臉上有道新傷，應是之前被馮蒼砍的。

蘭亭亭看了看他們的腰間，只有一把長刀，她佯怒道：「你們抓我做什麼，還不去抓殺鐘江的人！」

駕車的男人有些驚訝地問道：「妳不是和他一夥的嗎？」

蘭亭亭卻裝得比他更加驚訝。

「你們到底是不是陳國人？怎麼能蠢成這樣！」

刀疤臉有些犯怵，對另一個人努了努嘴，小聲道：「是不是抓錯人了？」

「不可能！」駕車的男人反駁道：「妳明明是跟那個男人一起上的山，他走時還讓妳幫他望風，要不然妳怎麼會一直待在那兒？別想騙我們。」

「你知道那男人是誰嗎？」

駕車人問道：「誰？」

「他可是朝廷的大官。」蘭亭亭面不改色道：「熙王府的沈泉！」

刀疤臉皺了眉。「朝廷的大官來這兒暗殺鐘江？」

「還不是因為他對司南陳下毒之事暴露了，朝廷現在追責下來，要徹查陳國在燕的全部暗探。」

駕車人聽她這話，便明白她的確不是普通的燕國百姓，有可能真的在皇宮謀職。

蘭亭亭又無奈地搖了搖頭。「秦苒你們可知？」

刀疤臉沒什麼反應，駕車的男人卻謹慎的瞇了瞇眼，蘭亭亭見狀心中更有了底。

「她死後，鐘江來京城的目的之一便是安排新的密探，我就是他找到的那個人——連雲，不然你以為司南陳的毒是那麼好下的？」

駕車的男人又打量了她一陣，摸了摸下巴，挑眉道：「就憑妳？」

這話蘭亭亭可不愛聽了，她哼了一聲喝道：「蠢材！我腰間藏著匕首，本欲等沈泉放鬆戒備之時將他擒住，卻被你們攪了渾水，還不快放開我？」

刀疤臉看了看駕車人的臉色，解了蘭亭亭身上的繩索，蘭亭亭將腰間的匕首拿了出來，在他們面前晃了晃。

「這上頭可是有陳國密探的標誌，鐘江豈會隨便贈之於人？」

刀疤臉拿過匕首看了看，的確是陳國的物件，他撓了撓頭，道歉道：「對不住，先前多有得罪！」又對駕車人道：「現在怎麼辦？給她送回去？」

駕車人一鞭子甩在他面前。「現在放回去不就暴露身分了？」

「不錯！」蘭亭亭附和道：「現在還不能送我回去，得找個合適的時機，先繼續走吧，等到了臨即再給沈泉寫封書信，通知他來用情報換人。」

駕車人反問道：「妳確定他會為了妳聽我們的？」

蘭亭亭忍不住翻了個白眼。「他當然不會，他若會這麼輕易的叛國，那我何必大老遠的跟他來臨即追查鐘江？只是你們這樣做，他才不會對我被綁票一事起疑，會回來救我。」

蘭亭亭見他二人頗為猶豫，忍不住挖苦道：「你們被人打劫的次數也不算少了吧？到時候裝裝樣子，由著我被他劫走，回去之後我得到了情報，自然先通過你們匯報上去。」

駕車人盤算了半天，覺得無論如何都是不會賠本的買賣，若幹得好，還能靠著眼前這個叫連雲的密探得到一點功勞，說不定能從小嘍囉一朝翻身，便爽快的答應了她的提議。

正如蘭亭亭預料的一樣，成雲開假意答應他們以情報換取人質的條件，但等他們到了約定的地點，卻命人將蘭亭亭搶了回來。

為了使這齣戲演得更像些，刀疤臉還由著成雲開帶來的寨子裡的人砍傷了他的右臂。

蘭亭亭看著刀疤臉回過身來偷偷給自己使眼色的模樣，內心都忍不住懺悔騙他們騙得有些狠了。

這一切自然都被一旁看戲的成雲開看在眼裡，他卻也配合著她的表演，做出一副頗為緊張的模樣。

等回到了寨子當中，蘭亭亭忍不住笑出聲來，成雲開無奈的搖了搖頭，坐在一旁的椅子上看她得意的模樣。

刀綏遠卻有些丈二金剛摸不著頭腦。

「姑娘就算是被救回來了，也不必如此開心吧？」

蘭亭亭這才努力斂了笑容，乖乖站在成雲開的身旁，成雲開替她回道：「這位是我府上的丫鬟阿雲，也是熙王的人。」說罷，無視蘭亭亭想抗議的表情，又加碼抱怨。

「我此番來刀寨主這裡，她非要跟著，甩都甩不掉。」

刀綏遠看了看成雲開的表情，一副我懂的神情，對成雲開道：「大人來都來了，正好遇上了事情，也別急著走了，乾脆在我這寨子中多留幾日，我刀某定當好生款待，已經為二位安排了最好的客房，阿雲姑娘且好生休養，我便不打擾二位寒暄了。」

說罷，對成雲開使了個眼色，帶上了房門。

蘭亭亭終於卸下了笑容，到他旁邊邀功道：「若不是我自救成功，這時候已經被他們二人拉到灤西了。成大人省了去灤西救我的路費，準備怎麼報答我？」

成雲開挑眉，狐疑道：「阿蘭女官不是和那兩人聊得相見恨晚嗎？虧得我還雇了刀綏遠的人，才陪妳演完了這齣英雄救美的戲碼，這錢可否給報銷了？」

「呸！」蘭亭亭笑罵道：「就你在一旁看戲的樣子，還好意思說是英雄。」

成雲開只是笑，上下打量了她一番道：「交代交代怎麼回事吧。」

「那兩人原本是前來接鐘江的，不料正好見到你殺了他，就把我給綁走了。不過他們應當是陳國的小嘍囉，我騙他們說我是鐘江在燕國安排的密探，他們單憑這把匕首便信了。」

蘭亭亭從腰間拿出了一柄鋒利的刀，在成雲開面前揮了揮。

「之前在鐘江身上搜到的，想不到此刻派上了用場。」

成雲開聽罷卻蹙了眉。「他們回去一說，事情不就暴露了？」

「不會的。」蘭亭亭揚眉笑道：「我告訴他們我叫連雲，你叫沈泉。他們就算在京城有安排其他人，也難以得知連雲的下落。知道他下毒之事的人皆在翰林院，若真因此而被陳國發現問題，那麼他們的密探也會暴露身分，我們一換一也不虧。」

成雲開忍不住道：「阿蘭女官騙人的本事真是一流。」

「能得到成大人在此方面的讚譽，阿蘭的確不勝榮幸。至於沈泉，」蘭亭亭挑眉道：「都快成了成大人在外面的名字了，想來也不怕被我用來騙人吧？」

他們一路從京城而來，在需要報名號的時候，成雲開留下的就都是沈泉的名字。起初，蘭亭亭還有些不解，後來見他泰然自若的樣子，便知沈泉暗衛的身分只有熙王府的幾個人知道，他甚至沒在朝中謀職，倒是利於為了行動方便暫用的不二名號。

「那倒沒錯。」成雲開頗為得意道。

「既然你早就與刀綏遠相識，為何一開始不叫我跟你進去，還省了我被綁走的危險。」

「這是兵出險招，我與他並不認識，但他可認識沈泉。」成雲開向後靠在了椅背上。「加上這裡是熙王的地盤，一不小心有可能……」

「停！」蘭亭亭連忙制止他。「好了，我了解，不用再多說了，我可不想知道太多你們的秘密，知道得越少，活得越久這個道理，我還是清楚的。」

成雲開皺了眉頭，狐疑地看著她。「妳跟我是一根繩上的螞蚱，妳到現在還沒認清這個現狀嗎？」

蘭亭亭欲哭無淚，她怎麼不知不覺就走偏了主線，上了賊船？

但一想到書中阿蘭的死相，她就一個激靈，忍不住掙扎道：「我只答應幫你一起找秦苒留下的東西，找到了之後，我還是跟你毫無瓜葛。」

「哦。」成雲開忽然舒展了眉頭，笑道：「忘了告訴妳了，不用妳的幫忙了，東西我找到了。」

蘭亭亭大驚，才一天不見，他竟然背著她自己找到了？

「說來妳可能不信。」成雲開在她耳畔道：「我要的東西就在這寨子裡。想見見嗎？妳可是欠我一次了。」

第二天，蘭亭亭看著成雲開攤在她面前的帳本目瞪口呆。

她只是猜到他要的東西對熙王不利，卻沒想到竟是這樣一本將熙王在陳國的產業記錄得如此完整詳盡的帳本。

「你！」蘭亭亭驚到不知道先問哪個問題更好。「你怎麼找到的？對了，你穿成這樣做什麼？」

成雲開穿著一身寨子中的奇裝異服，手邊拿著戰場上用的護面，將另一套這樣的衣服放在帳本的旁邊，才回答她。

「換上，今天帶妳去見見世面。」

說罷便揚長而去，給了她一炷香的時間。

蘭亭亭看了看時辰，一邊連忙換著衣服，一邊在腦海中回想自己是否漏掉了什麼與他對話的細節，他今日之舉，著實讓她想不明白。

換好了衣服，蘭亭亭拖著厚重的鎧甲，一路跟著成雲開走到了刀綏遠的面前。後者也是十分驚訝她的出現。

「這姑娘也要一起去？」

成雲開側頭看了看蘭亭亭有些滑稽的造型，輕笑了一聲道：「離不開我嘛。」

蘭亭亭一個激靈，雞皮疙瘩都起來了，見他這副模樣，簡直想對著他的屁股來上一腳。

成雲開似乎感受到了她的眼神攻擊，連忙回過頭去，對刀綏遠道：「你們多久給他們送一次補給？」

「半個月一次。」

刀綏遠拉來了兩匹馬，飛身上馬。

「前兩天剛送過，今日就輕裝上陣帶你們去看看吧。」

蘭亭亭聽著他們打著啞謎，以為是要去什麼危險的地方，在上馬後緊緊的抓住了成雲開的鎧甲。

這馬鞍與他們來時坐的不同，並不適合兩人同乘，成雲開感受到了她的緊張，側頭吐槽。

「妳再用些力氣，我便要被妳勒死了。」

「誰叫你騎得這麼快！」

他們所說的地方，在一個山谷之中，繞過了一個山頭，他們沿著半山腰的小路一路向西，終於在半個時辰後到達了目的地。

蘭亭亭的下巴在護面下就沒合上過，她看著山谷中一片片的帳篷和篝火，不敢相信此地居然有如此規模的軍隊，少說也有一個團。

山林之中竟然能養這麼多人，不說軍餉，單說這糧食的開銷一年就是天價。

她雖然震驚，但也不至於猜不到是誰的手筆，書中對熙王命成雲開謀反一事提及不多，只提到了在京城的兵力，原來遠在臨即，竟也有這麼多的私兵。

在燕國其他地方，想必也有這樣的部隊，若是一時之間全部聽令謀反的話，很有可能一舉成功。

成雲開卻沒有她這些思緒，他揚鞭向山谷奔去，在圍欄外停了馬，扶下了蘭亭亭。

刀綏遠迎著軍營中走出來的一位將領般的人，對成雲開笑著介紹。

「這位就是紀堅將軍。」

紀堅！

蘭亭亭記得這個名字，書中，他是成雲開的暗衛，從未離開過他身邊，怎麼會此時成了遠在臨即的軍營將軍？

成雲開對他笑了笑，伸出手來，自我介紹道：「初次見面，紀將軍威武，在下沈泉。」

紀堅回握了他的手，蘭亭亭卻看出了他眼底飄過的一絲驚訝。

他們早就相識！只是不明白為什麼他會出現在這裡。

成雲開到底在玩什麼把戲？

帶著諸多的疑惑，蘭亭亭卻也不敢出聲，緊緊的跟在成雲開的身後，聽著紀堅向他介紹營中士兵們訓練的情況。

「用不了多久，你們便能派上用場，這裡練兵寂寞，卻也不要忘記了王爺的託付。」成雲開拍了拍一旁士兵的肩膀。

那人大吼一聲。「是！」

巡查完了練兵的情況，紀堅引他們去了他的房間，屋子裡十分整潔，蘭亭亭記得書中他就是個愛乾淨的人，眼前的這景象，同他書中給成雲開收拾出來的房間幾乎一模一樣。

只不過多出了一個地方，放著陳國邊界的布防圖，而牆上又掛著京城的地圖，在陳國的邊界，插著幾枝紅色的旗子。

紀堅道：「枯燥的時候，我就研究研究兵法，若是沈大人能再給我們撥些購置兵法書的銀兩，在下定可以將這些兵一個個練出以一當十、以一當百的本事。」

成雲開大手一揮，又拿出了一疊銀票，這些銀票蘭亭亭見過，她在一旁偷偷撇嘴，這是馮蒼從鐘江的共犯手中劫來的錢，不知如何被他哄騙到了手裡。

這是拿陳國人的錢來打他們自家的大門，要說陰，還是他成雲開夠陰。

他們在軍營中待到了太陽下山，回到寨子中進的晚餐。

晚上刀綏遠叫來了寨子裡年輕的姑娘和小夥子，圍著篝火跳起舞來，又拿出了珍藏多年的好酒款待他們。

喝了些酒，腦子逐漸昏沈，刀綏遠也不顧成雲開的身分，攬過他的肩膀便開始和他老哥、老弟的說起了話來。

蘭亭亭在不遠處看著成雲開不太好的臉色，憋笑得難受，終於在他第三次向自己使眼色後，才起身過去解救他。

「我看那刀寨主對你挺掏心掏肺的，你又在人家這裡找回了帳本，怎麼說也得跟他拜個把子不是？」蘭亭亭邊說邊笑。

成雲開的臉色因喝了酒有些泛紅，映著篝火十分生動，他皺著眉頭喝道：「他起碼十天沒有洗澡了！」

見他這是有些醉了，蘭亭亭笑得更甚，連忙乘機問道：「你那帳本，究竟哪裡找來的？」

成雲開半醉的靠在她的身上，笑道：「鐘江當時透露出秦苒會用陳國密探特有的方式藏匿這帳本，正好我安插在陳國的密探告訴過我，他們藏東西的地方，就是寄信的地方。我去看了刀綏遠養的鴿子，他在後山有個偌大的鴿棚，這當中就有秦苒的鴿子，還有她買下的一個墓。」

「你挖了她的墓？」

成雲開擺了擺手，對她的說法並不認同。

「這怎麼算是她的墓？她葬在京城，這是個空墳，裡面只有過去幾年的帳本。」

「你可知道這帳本是做什麼的？」

成雲開看著遠處三五成群跳著舞的男男女女，對他們揚了揚酒壺，一飲而盡。「知道。」

蘭亭亭有些憂慮。「那你要將這些東西給熙王嗎？」

成雲開又皺了眉頭，側頭看著她，像在質疑她怎麼能問出這麼傻的問題。

「不然呢？」

蘭亭亭不知道為何，心中空了一塊，有些說不清的失望。

她嘆了一聲，撣了撣裙角，起了身，看成雲開半醉的模樣，開了口，卻沒說什麼，終是轉身離開。

成雲開將酒壺扔到了一旁，坐起身來，原本混沌的眼神變得清晰。

看著蘭亭亭的背影，他也在懷疑，也在猶豫，他不知道她能否成為他的同行者，但至少這一次的試探，他得到了滿意的答案。

第十二章

回到京城後，蘭亭亭沒有先去翰林院，而是去了沈泉的舊宅，秦豐在院子裡興沖沖地等著她。

「如何？有沒有消息？」

她心中有些不忍，卻不得不道：「沒什麼收穫，那地方不過是個中轉信件的地方，許多未寫清地址的信件都會在臨即重新安排整理再分送。」

秦豐馬上又消沈了下去，兀自坐在院子的樹根上，蘭亭亭拿出了臨即當地買來的小盒子，放到秦豐的手中。

這物件古老得很，像是從深埋的土中翻出來般，還帶著大地淳樸的氣息，秦豐忍不住問道：「這是什麼？」

「臨即的習俗，會將重要的東西放進盒子裡，再埋入樹根下，老了之後再挖出來，留給自己的子孫後代。」蘭亭亭說得眉飛色舞。「這是有人存了後沒有取出物件的盒子，我買盒子時，還見到旁邊有個白髮蒼蒼的老太太從另一個盒子裡掏出了一個金鐲子，這個不知道裡面有什麼，送給你看看，沒準兒是個好東西。」

秦豐狐疑的看著她。「我從沒聽過這種東西。」

「這叫盲盒。」蘭亭亭煞有介事道，將那盒子對著他，催促他快點打開。

秦豐摸著盒子上斑駁的痕跡，覺得有些熟悉。

在他的家鄉，女人們就是用這樣的盒子來裝自己的飾物，他摩挲著盒子的邊角，已被泥土腐蝕得光滑，許是大燕的女子都是用這樣的盒子吧，他對自己道。

輕輕打開了蓋子，當中鋪著紅色的布，像綢緞一般柔軟，色彩如此鮮豔，秦豐只在更小的時候在姊姊的首飾盒中見過。

而偏巧，這個盒子裡也有一件首飾，是一根髮簪，嶄新閃耀著金色的光芒，在日光下，顯出奪目的光澤。

「好美。」

蘭亭亭忍不住感嘆道，她顯然也是第一次見到，這樣的做工，並不比她過去在金飾專櫃中見到的差。

秦豐卻像摸到燙手的山芋，有些慌張的鬆了手，要不是蘭亭亭眼明手快及時扶住那盒子，這根金簪怕是已然折斷。

「這太貴重了！」秦豐見簪子要掉了，連忙又抓緊盒子，叫道：「這……我買不起。」

蘭亭亭皺了眉，語氣不悅道：「這是我送給你的，特意帶回來的，不用你買。」

秦豐拿著盒子，用紅布包裹好，又一言不發地坐到了一旁。

蘭亭亭見他頗為消沈的模樣，也坐到他身旁問道：「你有什麼夢想嗎？」說完，差點「噗」的一聲笑出來，自己好像某個逢人就問幸不幸福的電視臺記者。

秦豐有些不明所以，蘭亭亭又說明道：「關於你自己的，不是什麼找到姊姊和接來父母。你有什麼自己想要做的事或者想要得到的東西嗎？」

這個問題讓秦豐陷入了更長的沈默，他摩挲著懷裡的盒子，想了許久，蘭亭亭覺得，她彷彿在這裡坐了有一個時辰那麼久。

秦豐才又開口。「我想當兵！」

「你可知道當兵要做什麼？」

秦豐點了點頭。

「我要變得強大，等我有了能力，就可以保護身邊的人，不讓他們經歷可怕的事情。」

蘭亭亭揉了揉他的頭髮。「很優秀的理想，但是你還小，現在要做的或許不是入伍參軍，而是學習。」

所謂蘭式勸學，便是從夢想出發。「保護身邊的人，不只要靠武力，知識也很重要，現在你連大字都不識幾個，就算敵方將領的權杖擺在你的面前，你都不知道他是你的敵人，還要怎麼打仗，怎麼保護你身後的人呢？」

「我不想上私塾。」

秦豐打斷了她的長篇大論，嘟著嘴低下了頭，踢了腳一旁的石子。

「這幾天石虎哥哥一直在教我扎馬步，我要跟他學武，以後去當兵！」

石虎？

這個名字她隱約有點印象，似乎是和阿蘭一樣，只在大結局時才出場的成雲開的另一個炮灰死士。

「他武功很高，可以飛簷走壁，他答應我可以拜他為師，說要將畢生的武藝傳授給我。」

蘭亭亭聽罷，忍著翻白眼的衝動，揉了揉額角。

然後，就看到這位「好為人師」的石虎大搖大擺地走了進來，見到蘭亭亭倒是沒有驚訝，卻也沒有多理睬她，只對秦豐招呼了一下，小男孩就抱著盒子屁顛屁顛的跑了過去。

蘭亭亭看了看師父長、師父短的秦豐，雞皮疙瘩都快掉了一地，瞬間覺得自己給他找私塾的好心用錯了地方，翻了個白眼，擲地有聲地出了門。

呼吸著京城許久未聞的清爽氣息，蘭亭亭繞了一圈，在牙行的告示前停下了腳步。她掂了掂袖子裡的銀子，再加上出門前存好的銀票，一年的俸祿她已經提前從成雲開那裡搜刮了回來，是時候置備一套自己的房子落腳了！

兜裡有錢進門便有氣勢，蘭亭亭仰著頭進去牙行轉了一圈，卻又灰頭土臉的走了出來。

在牙行夥計的一陣攛掇下，蘭亭亭看上了西街南頭的一處房子，但卻讓人搶先交了訂金，那夥計像是故意的一樣，再拿出來的不是地方太遠、就是面積太大，她一個人住不踏實。

那夥計的意思再明顯不過，還特意留了那人的地址和買價，就是讓她去跟人家抬價，好從中得利。

看來從牙行入手，水分太多，蘭亭亭不得不重新打算。

回去的路上，她看了看天色，夕陽已經下山。

旁邊高聳的銀杏樹孤獨的站著，金黃的葉子在陣陣風中飄落，旋轉著飛舞，落在她的身上，落進了沈泉的院子裡。

那院牆很高，隔音效果極好，院子裡的樹離圍牆很遠，減少了宵小翻牆入內的機會，院落裡除了最大的正堂，還有兩處廂房和一個主臥，不知是沈泉此人較簡約，還是成雲開將他的宅子席捲一空，整座宅子倒是寬敞明亮、乾乾淨淨的。

她忽然生出了一個念頭。

既然已經羊入虎口，那何不搏一把與虎謀皮？

反正已經被成雲開盯上了，倒不如倒薅一把他的虎毛。

沈泉已死，他這宅子成了成雲開的囊中之物，若能從他這裡搞到手，還不用花錢便宜了那群牙行夥計。

蘭亭亭想完，已然把這宅子當成了自己的物件，甫一進院，見秦豐不消停的爬上房簷踢掉了兩塊瓦片，可心疼得夠嗆，連忙將他喝斥下來。

這讓秦豐和石虎都嚇了一跳，秦豐揉了揉掉下來時摔到的屁股，正要開口詢問，卻聽石虎不悅道：「妳不回翰林院，總來這裡幹麼？」

蘭亭亭也不悅地問道：「你是成大人的暗衛吧？他把你的身分擺在我的面前，代表什麼不用我多說吧。你成天對我沈著個臉，也攆不走我，何必自討沒趣。」

石虎哼了一聲，不置可否。

秦豐在一旁打哈哈道：「阿蘭姊姊，下午師父帶我去西街玩，給妳買回來一個好東西，跟我來。」

蘭亭亭路過石虎身邊時，也哼了一聲。

秦豐說的好東西，是把精緻的短刀，刀柄上刻著祥雲的圖案，刀刃鋒利，東西是好東西，卻怎麼也不像是買給她的。

蘭亭亭看出了秦豐打圓場的心意，笑道：「又騙我！這明明是你向石虎要來自己要著玩的，還說什麼送給我的，我哪兒用得上這個。」

秦豐嘿嘿一笑，回道：「妳也學學唄。師父說，女人家容易讓人騙，被人欺負，他不是討厭妳，是怕妳出岔子。」

這話不說還好，一說蘭亭亭更不樂意聽了。

她忍住翻白眼的衝動，忽然心生一計，對秦豐笑道：「來，告訴姊姊，你們下午都去了哪裡……」

成雲開回到了京城後，先是回翰林院通知時復司南陳遇害一事，與其商討後續對陳事宜，上午理出幾條應對陳國的方案，隨即便同他一起進宮稟報。

皇上難得今日心情很好，在殿上多問了幾句，成雲開聽著他的詢問，心中思緒萬千。

中午時復留他共進晚餐，卻被他婉轉拒絕。此刻他還有更重要的事要做，他得將帳本交到熙王的手裡。

他輕輕拂過上面的字跡，感受著宣紙的紋理和被太陽曬過的溫度。

疲憊的奔波了一天，成雲開終於回到府裡準備休息，卻忽然想起秦豐的存在。

帳本王爺已拿到了手，那麼秦豐就沒有了價值，一旦王爺也想起了這個小男孩，那誰也保不住他的性命。

他靠在椅背上，飲了今日的第一口溫水，又想起蘭亭亭之前對自己的質問，輕嘆了一聲。

就著月色，他駕馬來到了東街的宅子，一進宅子，卻被蘭亭亭撞了滿懷，見她神色慌張的模樣，他問道：「發生了什麼？」

蘭亭亭將他推出去，偷偷指了指背後道：「你先別進去，我懷疑秦豐知道他姊姊的事了。」

「怎麼可能？」

成雲開命石虎全程跟著他，杜絕他任何得知這消息的可能，難道這中間出了什麼問題？

他連忙吹了吹哨子。

不久後，石虎走了出來，蘭亭亭對成雲開使了使眼色，逕自進了宅子，甫一關門便趴在門縫偷聽他們的對話。

「我不在這幾天，你帶秦豐都做什麼了？」成雲開神色平常的問道。

石虎行了禮回道：「只帶他去過兩次西街的集市。」

成雲開瞇了瞇眼睛。「走到頭了？」

石虎點了點頭。

「你可知道西街的盡頭有什麼？」成雲開的聲音忽然變得嚴厲。「是牙行，那裡什麼都能買到，任何東西，包括一個失蹤者的下落。」

石虎忽然有些慌張，卻還是反駁。

「這是咱們才知道的事情，他一個小孩不可能知道，就算知道，他也沒有錢去牙行買消息。」

成雲開上前摸了摸他空空如也的口袋，聲音大聲了起來。

「你的錢去哪兒了？」

石虎慌張的將錢袋掏出來翻了個遍，成雲開示意他停下。

「馬上去牙行打聽打聽他買了什麼消息。」

成雲開看著石虎的背影，額角又一陣陣跳痛。

隨著疼痛的蔓延，腦海中又浮現出了另一件事來，比這事更棘手得多，明日上朝，這將是個難以迴避的話題……

蘭亭亭方才是騙成雲開的。

她想給石虎一個教訓，讓他知道不光是女人容易被騙，狡猾如成雲開，也會聰明反被聰明誤，過於小心謹慎，反倒容易栽入另一個陷阱。

她正得意洋洋的聽著石虎急匆匆離去的腳步聲，忽然肩膀上被人拍了一下，嚇得她大叫了一聲，還差點摔倒。

秦豐被她的反應嚇了一跳，連忙扶了她一把。

「妳在這裡鬼鬼祟祟的做什麼，不進屋吃飯嗎？」

蘭亭亭看了眼緊閉的大門，屋外沒有人要進來的意思，只得自己跟著秦豐進了屋去。

屋裡放著火盆，快要入冬了，天氣也越發寒冷，蘭亭亭時不時望向外面，秦豐只當她是在找石虎，便道：「師父說他不在這兒吃晚飯。」

蘭亭亭應了一聲，還在想成雲開為何還不進來，她好告訴他那不過是她胡謅的說法。

直到兩人吃完飯、收拾好碗筷後，她實在坐不住了，趁著秦豐翻看下午西街買回來的物件時，偷偷開了院子的大門，左右望去，卻見成雲開坐在路邊，頗為狼狽的靠著高高的院牆。

蘭亭亭一驚，連忙跑過去想要將他扶起來，卻聽他低沈的嗓音十分虛弱道：「讓我緩一下。」

她這才又想起他許久未犯的頭痛症，嫻熟的想要為他取藥，成雲開卻抓住了她的手腕。

「沒有藥，緩一下就好。」

蘭亭亭感受到了他指尖傳來的寒意，將外衫脫了下來，披在他的身上，成雲開沒有力氣推開，眉頭卻皺得更緊。

「我錯了。」

蘭亭亭見他如此狼狽的模樣，有些於心不忍。

「我剛才是騙你的，秦豐什麼都不知道，你別擔心了。」

成雲開痛得厲害，反應有些遲鈍，他仍舊皺著眉頭，看著蘭亭亭的眼神有些呆愣。

「什麼？」

蘭亭亭見他這個模樣，說什麼也聽不進去，決心還是先將他扶進屋裡再說，在外面一直凍著也不是辦法。

她靠在成雲開的身側，扶著他的腰背將他帶了起來。不知道是蘭亭亭近來力量增進還是成雲開比前一陣瘦了些，她竟沒有很費力地便將他扶了起來。

「別動。」

成雲開忽然抬手虛掩了下雙唇，喉結上下滑動，閉上了眼。

蘭亭亭這才注意到他額角起了一層薄汗，還雙唇發白，原以為他只是頭痛發作，卻沒想到竟還犯了低血糖。

她摸了摸袖子，空無一物，幸而方才還有留些飯菜，便撐著他道：「你忍忍，回屋就沒事了。」

終於將他扶進了院子，蘭亭亭小聲的抱怨了一句。「叫你不好好吃飯，活該，累死我了！好了可得好好獎賞我。」

成雲開似是緩過來了一些，重心從蘭亭亭身上漸漸移回，他撐著院門，聲音虛弱，卻仍舊打趣道：「看這意思，阿蘭女官早已選好了獎賞。」

蘭亭亭被他一眼看穿了心思，有些心虛的往天上看去。「我要這宅子。」

成雲開有些驚訝，蹙著眉笑道：「好。過了這個冬，這宅子就歸妳了，在此之前，妳也可以住在這裡。」

見成雲開答應得如此痛快，蘭亭亭方才的心虛和愧疚煙消雲散，準備扶他進屋。

成雲開卻推開了她的手，將外衫披回她的身上。

「我已無礙。」

說罷，邁著不太穩的步子，緩慢地走進了屋裡。

蘭亭亭看著他怎麼也算不上好些了的樣子，無奈的搖了搖頭，幽幽道：「要強的男人真可怕。」

她看著屋簷，翹起的瓦尖連上了月亮彎彎的一角，深呼吸一口氣，舒展了下身子，正要向燈火通明的大堂走去，卻忽然聽到堂中的交談聲戛然而止，刀刃砍上鈍物的聲音繼而傳來，緊接著是秦豐的怒吼聲！

心中咯噔一下，蘭亭亭連忙衝進去，卻見秦豐正揮舞著方才向她展示過的利刃，向退在牆邊的成雲開刺去。

她連忙上前一腳踢開了他的手臂，那匕首從秦豐的手中飛出，定在了支撐建築的木梁上。

蘭亭亭摸了下額角，竟然從上面流下了一滴血。

但她無暇顧及，回頭看身後的成雲開，他正撫著左肩，從胸口到肩頭，被劃出了一道長長的傷口。

蘭亭亭驚叫了一聲，連忙幫他按了上去，回頭對秦豐喝道：「你瘋了！」

「不。」

秦豐的聲音變得冰冷，他的雙眸像被蒙上了一層灰，他的神色是說不出的痛苦。

蘭亭亭的心也冷了下去，她瞬間明白，原來自己方才對成雲開說的話竟成真了，秦豐可能真的從牙行那裡買來了秦苒已死的消息……

但哪怕他知道秦苒死了，她與成雲開都不過是騙了他，絕達不到能讓他以利刃相向的程度。

難道，他知道了秦苒之死跟成雲開有關？

不，這不可能，蘭亭亭第一時間否決了這個答案。

她所知道的人中，除了她自己，其他人對此事的內情一無所知，除非是她也未曾謀面的人知道此事。

難道成雲開的身邊出現了叛徒？

在電光石火之間，蘭亭亭想到這裡已是不易。

秦豐並沒有給她思考的時間，又道：「為什麼要殺她？為什麼要騙我！」

第一句話是在質問成雲開，但此時的他因身體狀況著實不佳，能撐著牆壁站著便是不易。

而第二句是對蘭亭亭說的，秦豐看著她護在成雲開面前堅定的模樣，心中痛苦萬分。

蘭亭亭替他回答了這個問題。「他現在這樣，我沒法跟你解釋。雖然我說什麼，你也不會相信，但最初我並不知道你是誰，後來即便知道了，我也只是想幫助你。至於成大人，他現在的狀態不太好，我得救他，等他好了，他會親自回答你這個問題。」

秦豐看著鮮血染紅了成雲開半邊身子，他的雙眸被淚水浸染，忽然大哭了起來。

「為什麼……為什麼不繼續騙我，不告訴我姊姊還沒有死，他們才是騙我的？」

蘭亭亭心中一陣絞痛，她沒法回答這個問題。

「因為她背叛了燕國。」

一旁的成雲開忽然開口，他的聲音微弱卻擲地有聲，秦豐停下了號哭，震驚地看著他。

「她幫助了你最痛恨的陳國人……」

「別說了！」蘭亭亭喝斥道，她想攔住他，手上的力道不自覺的加大。成雲開的身體抖了一下，她才發覺自己傷害了他，連忙又鬆了些手勁，卻還是道：「別再說了，我帶你去縫傷口。」

說罷，又架起了他的另一邊肩膀，對已然呆滯在大堂中央的秦豐道：「什麼也不要想，一個時辰之後，我會來回答你所有想問的問題。在此之前，」她指了指桌子上的一片狼藉。「把這裡收拾乾淨，地上的血跡也擦乾淨，這裡以後是我的家，不要弄髒它。」

客房的床榻上，成雲開靠坐著，平靜的看著蘭亭亭在他淌血的肩頭忙活。

蘭亭亭又緊張、又著急，忙得一頭汗，這是她第一次真的以大夫的身分，在一個人的身上留下痕跡，她餘光瞥到成雲開的神情，有些不悅。

「你知道我是個假大夫，能不能別笑了。」

成雲開輕哼一聲，似乎在壓抑著疼痛，他面上看著風輕雲淡，青筋卻都盡顯。「我非得哭喪著臉嗎？」

蘭亭亭四下看去，沒找到剪刀，俯身用牙咬斷了線頭，成雲開悶哼了一下，別過臉去，粗喘著氣。

「你不知道躲嗎？石虎人去哪兒了，關鍵時刻人影都沒有。」

成雲開蹙眉笑道：「不是妳騙我把他支走了嗎？」

蘭亭亭雖然有些心虛，卻還理直氣壯道：「現在看來，我也不算是騙你，是提前告誡你，哪怕這樣了，你還是被一個七、八歲的孩子給制住了。」

蘭亭亭看著他如此狼狽的模樣，幻想中的大反派形象瞬間破滅。

「妳那叫一語成讖。」成雲開一邊拉上了衣衫，一邊無奈地搖頭道：「被妳咒的。」

蘭亭亭翻了個白眼，拿過一旁從廚房順來的溫粥，盛了一勺，吹了吹，遞到了成雲開的面前。

成雲開卻忽然有些不太自在，伸手想要拿勺子，蘭亭亭見他頗為扭捏的模樣，仗義道：「你抬手不方便，我餵你好了，喝了粥再吃藥，好好休息。明日我去太醫院給你開幾副藥，前幾天奔波得厲害，別再生了病。」

成雲開喝過粥，卻道：「明日我要入宮。」

「你瘋了？」蘭亭亭大驚。「就你現在這個模樣，明天能不能起床都還難說。」

成雲開挑眉。「妳小瞧我？」

蘭亭亭無語，這明明是關心……等等，她又何必如此關心他呢？不聽話的病人，她也不能每個都跟在屁股後頭照顧。

「隨你。」

餵了幾口粥，成雲開便說累了，喝過藥，蘭亭亭扶著他躺了下來，摸了摸他的額頭，有點微涼，可能是失血過多所致。

「對了，你之前的藥呢，為何現在不隨身帶著了？」

成雲開躺在床上，閉著眼睛回道：「吃了容易犯睏，現在不常發作了。」

蘭亭亭哼了一聲，的確不常發作，發作個一次就足夠致命了。

「還有一個問題。」蘭亭亭猶豫著，終於開口。

成雲開「嗯」了一聲，等待著她開口。

「你和熙王……會永遠在一條船上嗎？」

許久，蘭亭亭沒有得到任何回應，她不再多言，吹滅了蠟燭，退出屋去，輕輕合上了房門。

回到她之前休息過的房間，將這身染血的衣服換下，穿上了一身簡便的常服，蘭亭亭嘆了口氣，又邁入了燈火通明的大堂。

秦豐這時候倒是乖巧得很，早已按照蘭亭亭所言收拾好了大堂，他脫下昂貴的外衫，將衣服當作抹布一般擦乾了地上的血，只穿著蘭亭亭第一次遇到他時的那件單衣，在椅子上呆滯的坐著。

蘭亭亭將方才從房中帶回來的外衫披在他的身上。

「這件衣服是他在西街把我帶走後，他買給我的。」秦豐盯著那被他扔到外面，染滿了成雲開鮮血的衣服說著。

「他當時說他曾見過我姊姊，不過後來姊姊升遷了，被調到別的地方，我以為他能夠幫我找到姊姊。」

秦豐回過頭來，眼淚在眼眶裡打轉，他的五官以扭曲的模樣，對蘭亭亭道：「他看著我與高采烈的樣子，是不是覺得我很可笑？很滑稽？會不會在想，看啊這個傻子在對仇人道謝！」

「不，不是的。」

蘭亭亭打斷了他，她並不知道成雲開當時到底是怎麼想的，但他一定不會這樣想。「如果他這麼想，你現在早就死了。他的確需要利用你得到你姊姊的東西，但是那是他的職責，他沒有要傷害你。」

秦豐冷笑道：「我難道該感謝他利用我？」

「你姊姊是陳國的密探，她手裡的東西，或許能影響燕、陳兩國的命運。」蘭亭亭抱歉道：「利用你這件事，我也有參與。」

秦豐聽到她的話反應非常激烈，他站了起來，避開了蘭亭亭的視線。

「不可能，她比我更恨陳國，怎麼可能幫陳國做事！小時候，她曾被陳國人抓走過，為了反抗他們，她傷了膝蓋，腿腳不太索利，逃回來之後，她就來了京城，託人安排進宮裡當了大官，她不可能幫陳國人！」

「那你有沒有想過，為什麼下池鎮所有人家多年來都飽受陳國侵擾，但她走之後，你們卻可以高枕無憂的生活在下池鎮？」

蘭亭亭的聲音很柔和，落入秦豐的耳朵裡，卻覺得那麼刺耳。

涼颼颼的風吹進了秦豐的單衣之中，他忽然打了個激靈，張開了口，卻不知道該怎麼反駁。

的確，從秦苒離開後，無論陳國人在下池鎮做什麼，從未殃及過他們家。他一直以為是老天爺開眼，保佑著他們貧苦的一家，難道說……

「妳是說，」秦豐的聲音微微顫抖。「她是為了保護我們，才去為陳國人做事？」

蘭亭亭沈默著，不知該如何應聲。

秦豐泣不成聲。「為什麼？為什麼不能等我長大……」

蘭亭亭從懷中拿出之前秦豐讓她幫忙寫信的信紙。「如果這信紙是你姊姊留給你的，想必你姊姊有留下什麼線索在上面，應該有一些方式可以讓它顯現出來。」

秦豐抹了把眼淚，顫抖著拿過信紙，他忽然回想起小時候，秦苒經常帶他去放孔明燈，寄予了無限憧憬的孔明燈映著暖洋洋的燭火飛上了天際。

他看了看一旁的燭光，將信紙遠遠的懸在火上，在燭火烤過的地方，顯出了字跡。

秦豐顫抖著雙手，小心翼翼的將每一個字的痕跡都烤得清晰，對著那信紙上的字跡艱難的看了半天，最後不得不向蘭亭亭求助。

他彆扭道：「好多字我不認得，妳……能幫我唸一下嗎？」

蘭亭亭接過了那信紙，秦苒的字有些不甚清晰，但也能勉強辨認。

她緩緩唸道：「致阿豐，展信安。我此刻可能已經無法回到家鄉了，你若能看到這封信，望你能夠理解我當初不得已的選擇。

「但請不要像我一樣，在這條路上，我掙扎過無數次，卻仍舊失敗。我是個自私的人，做不到忠孝兩全，為了你們，我可以放棄其他的一切。

「我對不起爹娘，他們若是知道我做了這樣的事，定不會再認我做女兒，但是我並不後悔。阿豐，希望看到這封信的你，有能力去選擇以你想要的方式保護父母和你愛的人。

「姊姊能做的只有這麼多了，望你平安長大，快活一生。」

這封信甚至沒有留下落款，不過是平常的家書，蘭亭亭卻唸得異常艱難，秦豐蜷縮在角落，臉埋在雙腿之間。

好一會兒後，蘭亭亭拍了拍他的肩。「回去吧，太晚了，好好睡一覺，明天太陽還會升起。」

秦豐抬起了頭，看著她，聲音異常堅定。

「妳之前不是說要教我識字嗎？」

蘭亭亭有些驚訝，連忙道：「對，我已經找好了私塾。」

「何時可以去上課？」秦豐攥著姊姊最後一封家書，臉上滿是淚痕的問道。

蘭亭亭緊繃的神經終於微微放鬆，她柔聲道：「明日我便去安排。」

這一夜太漫長，漫長到蘭亭亭哄睡了秦豐，又探過了成雲開的體溫，再躺到床上之時，天邊已然亮起了微光，蘭亭亭看著遠處初升的暖陽，失了眠。

待到那太陽高高升起之時，蘭亭亭又穿好了衣衫，整理了妝容，起身，準備出門，這又將是忙碌的一天。

路過秦豐的房間時，她側頭聽了聽，裡面十分安靜，男孩舒緩的呼吸聲微微浮現，她放下心來。又到成雲開的房間，探頭進去一看，卻見床上早已空無一人，她進去摸了摸床褥，尚還溫熱，應是剛走不久。

她看了看時辰，還是先去了太醫院。

呂羅衣打著哈欠出來迎接她，蘭亭亭見她臉色紅潤，雙眸微亮的模樣，覺得是近期難得遇上的高興事，便打趣道：「別人忙了一天都臉色發黑，像被榨乾了靈氣，妳這忙了幾天，怎麼反倒像是被甘泉滋潤，愛情的力量可真是強大呀！」

呂羅衣瞬間紅了臉，推搡著她道：「妳來就是為了取笑我的？」

蘭亭亭呵呵一樂，不再逗她。

「前幾日成大人從江南回京，路上不小心翻了車，把肩膀劃了個口子，叫我來給取點外傷藥。」

呂羅衣點了點頭，在一堆五顏六色的瓶子中翻出了金瘡藥。「他最近怎麼總是受傷，該去找個寺廟拜一拜了。」

蘭亭亭跟著笑了兩聲，卻見呂羅衣想起了什麼似的又道：「對了，他從江南回來，沒生病吧？那邊瘟疫鬧得厲害，可別染了病，最好來太醫院看看。」

蘭亭亭卻更為驚訝。「江南鬧了瘟疫？」

呂羅衣點頭道：「是啊，皇上前幾日還問到此事，昨兒個羅大人還說要派一支隊伍前去察看，我已經跟他請命了。咦，妳沒和他一起去江南嗎？聽說妳也告了假。」

蘭亭亭心虛的打了個哈哈，避重就輕道：「我回我自己老家來著。妳若是要去前線，可要做好防護，面罩多戴幾層，千萬大意不得。」

呂羅衣道：「這次瘟疫頗為蹊蹺，我還挺希望羅大人能准許我前去，畢竟離我家鄉不遠，對了，陳素也請命前去了，她曾有過平復瘟災的經歷，或許能對這次災情有所幫助。」

蘭亭亭應著，心中卻在想怪不得成雲開今天帶傷也要去上朝，原是怕他並未返鄉一事暴露，再生變故。

從太醫院離開，蘭亭亭又進了宮，回翰林院後發現時復、成雲開都還未回來，他們竟然已經在殿中待了快兩個時辰。

蘭亭亭怕被翰林院忙碌的一眾大人們注意到，被抓去當苦力，連忙從翰林院溜了出來。

朝著景元殿走去的路上，蘭亭亭已然想好了說辭，若是萬一被人攔下，就說自己要向皇上請命隨太醫院一隊到江南治瘟災。

江南瘟災一開始眾人皆以為是牲畜傳染所致，但最終查明是由於廢水未及時清理，導致病菌變異，加大了傷亡。

蘭亭亭還記得書中呂羅衣所指的地方，若是此次能同她一起前去，正好可以早些提到這原因，以便她能更及時地救治百姓。

景元殿前，除了在殿外候著的太監們，蘭亭亭還看到了一個熟悉的身影，陳素似乎剛從裡面出來，正朝她這邊走來。

蘭亭亭許久未見她，開心的朝她揮了揮手，陳素卻沒有注意到，直到蘭亭亭走到她的面前輕喚了聲，陳素才猛然抬起頭來看到她。

陳素微驚了一下，見是蘭亭亭，又緩和了下來，對她溫柔的笑道：「妳嚇了我一跳。」

蘭亭亭心中雖然對她方才的出神有些疑惑，卻沒多言，關心道：「難得妳進宮來，但怎會從景元殿出來，此刻不是在上朝嗎？」

陳素嘴角帶笑，眼神卻還是在不自覺的飄動。「皇上召見我。」

蘭亭亭瞬間明白了怎麼回事。

「皇上欽點妳帶隊去救治江南的百姓嗎？」

陳素點了點頭。「也是剛告知我的，羅衣還不知道，我正要回去問問羅大人能否讓她同我一起去。」

蘭亭亭見陳素有些心不在焉的樣子，沒再與她多談江南的瘟災，那裡畢竟是她的家鄉，許是因為擔心此事，她才舉止有異。

蘭亭亭安慰道：「會沒事的，太醫院派人前去，一定能很快平復瘟災。」

陳素看著她，一副欲言又止的模樣，最後終是點了點頭，便離開了。

蘭亭亭又在殿外等了一陣，終於見門口的太監們有了反應，殿中傳來紛紛嚷嚷的聲音，大臣們三五成群地出來了。

蘭亭亭很快就在人群中找到了成雲開，他走得很慢，面上正帶著柔和的笑意與同行的大臣交談著。

在他前面不遠處，有一個身著華麗朝服的男人，胸前繡著一條巨蟒，蘭亭亭看不真切，卻也知道此人地位定然不低，他的身後跟著幾個人，他卻沒有回頭看去，而是面朝前方說著話，時而大笑、時而點頭。

路過蘭亭亭旁邊時，他淡淡的瞥了她一眼，蘭亭亭感受到了一絲寒意，她收回了視線，在一旁低頭行禮，只聽見旁邊的人行禮道：「王爺。」

原來他便是熙王。

此人的樣貌與她設想的並不相同，蘭亭亭本以為他會是豪放粗獷的模樣，卻沒想到他竟像個文人一般，在人群中並不起眼。

也難怪燕高帝臨死前沒察覺到他的狼子野心，在幾個兄弟中選了他提拔為攝政王，輔政小皇帝。

蘭亭亭低著頭，待熙王一行人走遠後才起身，此時成雲開走了過來，明知故問道：「不知阿蘭女官這是在等誰？」

「在等一個壞孩子。」蘭亭亭老神在在道。

成雲開卻笑了。「這可就說錯了，我從小到大都是乖孩子。」

蘭亭亭看著他垂著的左臂，挑眉道：「是個不聽大夫囑咐的壞孩子，先回去換藥吧。」

成雲開抬手攔住她。

「妳來景元殿門口，定然是有別的事。」

他說著，向前探了探身，似乎要從她的眼睛裡找到答案。

「江南瘟災的事妳知道了？」

蘭亭亭點了點頭，問：「沒有被太后和皇上發現你未返鄉一事吧？」

成雲開笑道：「我早就安排了人替我前去，昨日他便已將此事告訴了我。」

「那你為什麼不同我說？」蘭亭亭的聲音有些不悅。「萬一我不小心說漏了嘴呢？」

成雲開安撫的搭上了她的肩。

「阿蘭女官如此聰慧，定然能化險為夷。」邊說邊抬手捂了捂左肩，做出一副痛苦的表情道：「再說，昨日我才受了傷，腦子混沌了些，還未來得及提。」

蘭亭亭呵呵一笑，轉身向宮外的方向走。

這話騙小孩子還差不多，昨日成雲開早已堅定今日要上朝，定然是做好了去江南的準備，而未與她說，便是不想讓她同去。

她的心中覺得有些彆扭，明明他離開京城不在她眼前亂晃是該開心的事情，此刻卻有種說不出的煩悶。定然是因為她想去江南幫助百姓，而成雲開不准她去，才會心中不悅，蘭亭亭這樣告訴自己。

於是，她又回過身來道：「成大人何時啟程？」

成雲開已然放下了方才捂著傷口的手，蹙眉道：「妳到底是怎麼知道的？」

蘭亭亭哼了一聲。「山人自有妙計！」

「三日後啟程。」成雲開對她並不避諱。「皇上覺得此時江南發生瘟疫十分反常，除了太醫院陳素領一隊醫士前去，我也會帶上翰林院的幾位大人去核查瘟疫的源頭。」

這與蘭亭亭想的所差無幾，她向前走了兩步，又轉回到成雲開的面前，仰著頭，盯著他的眼睛道：「我想同你一起去。」

成雲開的眉頭蹙得更深。「妳又在打什麼算盤？」

「你若是不同意，」蘭亭亭笑得狡猾。「我就去跟皇上請命，許我調回太醫院隨隊前去，反正羅大人早已後悔同意將我調到翰林院。」

成雲開想了想，終是沒有否決，也朝宮外走去。

蘭亭亭走著走著忽然好奇道：「為什麼不想我去江南？」

成雲開沈默了半晌，才回道：「想在京城留個會辦事的人。」

蘭亭亭難得從他口中聽到幾句真心誠意的誇讚，頗為驚訝的撇了撇嘴，又問道：「那怎麼又同意我去了？發現我在江南能更有作為？」

成雲開停下了腳步，眼中閃過一絲狡黠。「只是忽然想起，會辦事的人好像還有許多。」

蘭亭亭哼了一聲，撞了下成雲開的右肩，朝前方大步流星的走去。

成雲開聳了聳肩膀，無奈地搖了搖頭。江南對他而言是故鄉，更是傷心之地，此刻瘟災泛濫橫行，當地官府昏庸貪腐，這次回去，他要做的事太多了，而很多事，他並不希望多一個人知道。同樣不希望多一個人知道的，還有他身上的傷疤。

回到沈泉的宅子裡，蘭亭亭立刻為成雲開換藥。

前一晚燈火昏暗，蘭亭亭又專注為他的傷口縫合，全然沒有閒暇去注意別的地方。而此刻，迎著屋外照進來的暖陽，蘭亭亭褪下了成雲開的衣服，被他背後錯綜複雜的傷疤嚇了一跳。

成雲開背朝著她，半天都沒感受到藥物敷上的涼意，一轉頭看到微張著口的蘭亭亭，有些彆扭的向上拉了拉衣服。「害怕就不要看，庸醫。」

蘭亭亭沒有理會這稱呼，只道：「你這些傷疤是怎麼回事？」

成雲開不悅的罩上了衣服，也不等她繼續換藥。「沒什麼，小時候太皮了。」

蘭亭亭嘖了一聲，此人方才還說自己是個乖孩子，轉頭就忘了說過什麼，她小聲嘟囔道：「滿嘴跑火車。」

成雲開蹙了眉，聽得並不真切，蘭亭亭拉開他的衣服，將草藥敷上，冰涼的麻意傳來，舒緩了些許熾熱的疼痛。

包紮好了傷口，蘭亭亭順手摸了摸他的額頭，有些煩惱道：「你這體質太差了，怎麼還在發燒，得加強鍛鍊。」

成雲開推開了她的手，站起身來下了逐客令。「好了，庸醫，我會謹遵醫囑，妳可以回去了。」

蘭亭亭撣了撣褲腿道：「成大人別是燒糊塗了，昨晚你可答應了將這宅子送給我，翰林院裡放著的東西我都已經拿過來了，今後就在這兒住下了。」未等成雲開反應，她又交代道：「我要去西街的私塾跟先生談談，你走時記得鎖好院子的大門。」

「秦豐已經走了，妳還找什麼私塾？」

蘭亭亭瞪大了眼睛。「走了？」

成雲開打了呵欠，慵懶的聲音道：「妳沒發現院子裡安靜了許多嗎？」

她方才進屋時還躡手躡腳的怕吵醒他，原來他已經走了，她又有點不悅。「你把他送到哪裡去了？我昨日還答應給他找個先生，你這不是讓我食言了嗎？」

「在京城，給他找先生？」成雲開看傻子一樣的看著她。「在熙王的眼皮子底下，妳是嫌他命太長嗎？」

蘭亭亭被噎得啞口無言，的確是她想得草率了。

成雲開見她如此模樣，這才交代道：「我會把他送到一個安全的地方，在當地安排人教他識字，現在他在城外，還沒走遠，妳若想去道別，現在還來得及。」

蘭亭亭打開了房門，卻停住了腳步，在邁出房門的那一刻忍不住問了出來──

「你這是因為他姊姊的死而愧疚嗎？」

「不，我不後悔自己做過的事，再來一次，我還是會殺她。」成雲開坦白道。「至於秦豐，如果他能夠理解他的姊姊，他或許就可以如秦苒所望，走出另一條路來。現在我只不過是給了他一雙鞋，他以後要走什麼樣的路，與我無關。」

第十三章

天氣越發寒冷，蘭亭亭這兩日為了籌備江南之行，時常往返於太醫院與翰林院之間，與陳素對接行程路線，籌備需要攜帶的藥材和防護衣物。

因陳素要出京，她原本在安樂居的工作由呂羅衣接任，因此呂羅衣便不能前往，這兩日來太醫院，蘭亭亭都沒看到她，直到臨走的前一晚，她出門時，才撞見了帶月歸來的呂羅衣。

「這些日子天涼了，妳往來後宮的次數頻繁，真是難得看到的大忙人呀。」蘭亭亭笑道。

呂羅衣無奈地嘆氣。「後宮的太妃們都上了年紀，臨到冬日總要格外注意。太后近些日子身體也不太好，我之前在御藥科便是一直在研究三齒噬髓草的藥用方式，但沒有什麼太大的進展。」

見呂羅衣有些消沈，蘭亭亭鼓勵她道：「或許還沒到時候，這畢竟是神藥，若是對付一般的風寒體弱，可能的確不如常用的那些藥草管用。但若是一旦發現了難以根除的病症，說不定就能有奇效。」
說到此，蘭亭亭一拍腦門，忽然想到可以將三齒噬髓草帶到江南試試藥用，連忙匆匆告別了呂羅衣，回身朝孟樂無的御藥科奔去。
天色已暗，路上沒什麼人，蘭亭亭在御藥科的門口停下了腳步，大門正敞開著，而裡面卻沒有人，這著實有些奇怪。
她進了屋，見到了被孟樂無照顧得生機勃勃的三齒噬髓草幼苗。
當初她從千岐山帶回來的那兩株不過手掌長，如今卻已然長到了一掌半的高度。
三齒噬髓草生長極慢，對生存環境的要求極高，能養活已是十分不易，孟樂無的確有些能耐。
正想著，外面忽然傳來了腳步聲，蘭亭亭隱約聽到了孟樂無和一個人的交談聲，她閉著眼睛細細聽著。
皇上！
分辨出來人的聲音後，她本能的蹲下了身，找了個不起眼的位置藏好。這一系列動作過於熟練，已經躲好的蘭亭亭這才發現自己原本可以溜出屋去，現在卻已沒有了機會，只得無奈的聽著牆根。

「太后的身體近來越發差了。」小皇帝擔憂道：「三齒噬髓草若是沒有什麼奇效，那便該轉而去研究其他的草藥，今年冬天太冷了，朕不希望聽到什麼不好的消息。」

孟樂無在一旁應著。

「這藥草讓陳女官帶去江南吧，或許對解決瘟疫能有所幫助。」小皇帝緩了緩，又道：「上朝時，時大人提到此次災情可能並非天災，而是有人故意為之，孟愛卿怎麼看？」

孟樂無回道：「從江南那邊的疫情來看，的確比往年的瘟疫癥狀更為明顯，而且現在本不是瘟疫橫行的時節，這種猜測不足為怪，但具體緣由為何，臣尚在千里之外，不敢妄斷，還須陳女官親歷問診，才能得出結論。」

小皇帝點了點頭。

「朕以為，此事關乎到燕、陳兩國的關係，如今因為司南陳中毒一事，兩國關係已然有些僵持，倘若江南那邊真的出了這樣的言論，無論陳國有沒有參與，都可能會成為邊境開戰的信號。但現在……」

小皇帝沒有繼續說，孟樂無意會地接道：「臣明白，羅大人也定能明白陛下的意思。」

這二人打著啞謎，蘭亭亭卻有些不太明白了。倘若江南之事當真陳國有所參與，那燕國自然要予以回擊，他們到底因何猶豫？

她正想著，也未注意到他們的聲音越來越遠，待到蘭亭亭蹲麻了雙腿，才發現他們已經不見了蹤跡。

既然小皇帝已經讓陳素帶上了這三齒噬髓草，那她也沒必要同孟樂無再提此事了。回去的路上，路過西街牙行時，蘭亭亭想到了秦豐那日的行程。

當時本是為了捉弄一下石虎那個木魚腦袋，因她那日去牙行時瞥見了有人買賣消息，才有了合適的理由讓成雲開相信她的說法，卻沒想到秦豐知道秦苒被殺一事，真的是從牙行抖摟出來的。

成雲開可知道此事？此人將這消息賣給牙行是什麼目的？還有誰從牙行買過這個消息？

帶著這些問題，蘭亭亭不自覺的邁向了牙行的大門，雖已到了亥時，但此刻的牙行卻還門庭若市。

她剛邁進半隻腳，就被人拉了出來，蘭亭亭嚇了一跳，一抬頭看到了石虎的臉，更為震驚。

說曹操、曹操到，蘭亭亭被他粗壯的手臂拉回了路邊，她揉了揉肩膀道：「幹什麼，光天化日強搶民女啊？」

石虎冷著臉道：「妳要是想去問那件事，就別去了。我查過了，販售秦苒死因的人已經跑了。」

蘭亭亭轉了轉眼珠，又開口道：「哦，看來你知道自己被個小孩子給騙了，自以為收了個寶貝徒弟，沒想到轉眼就用從你這裡學來的功夫，對付你要保護的人。」

「妳！」

石虎本就因為此事內疚了好幾天，此刻被她如此指責更是難以反駁，脹得滿臉通紅。

「而我，一眼就發現了問題。」蘭亭亭大言不慚的指了指自己的腦門道：「若不是我提醒得及時，你家大人早已被捅成了個篩子也說不定。」

說罷，背後忽然想起了一個幽幽的聲音道：「妳就這麼咒我？」

蘭亭亭尷尬的咳了兩聲，回頭笑道：「我在幫成大人教育不會辦事的手下。」

成雲開對石虎道：「此事不全是你的問題，但以後若還貿然行事，不考慮後果，那便不要再跟著我。這回讓你送秦豐走，你怎麼還半路折返了回來？」

石虎抱拳行禮道：「大人，秦豐已平安送達，我是想戴罪立功，所以趕著回來想將這人也抓了，以絕後患，卻不想他竟然跑了。」

成雲開看了看牙行的大門，微瞇著眼睛道：「你若想戴罪立功，便不要再管此事，還有另一件事，你可以去做，我要你幫我去找個人。」

石虎看了眼全程在一旁聽著的蘭亭亭，示意她迴避。

蘭亭亭卻視若無睹，定定站著。

成雲開也無意叫她迴避，只是繼續吩咐道：「丁蘭香前幾日出現在臨即附近，找到她後，帶她去江南。」

這裡的江南同蘭亭亭原本認知的江南大為不同。

京城南邊有一條橫跨燕國的大江，跨過這條大江即是江南，卻並不像她過去的世界裡那般富饒，鮮少有人經商，皆以農作、打魚為生。

若是沒有瘟疫，江南百姓還可以維持日常溫飽，不必為生計擔憂，但現在卻被瘟疫影響頗深。

蘭亭亭在去的路上一直在問陳素關於江南的事情，陳素雖然面上應著，卻與過去與高采烈的模樣不同，語氣沈悶，心中似乎裝著事情，蘭亭亭幾次問她可是身體有什麼不適，她都說沒事，臉上勉強笑著，以示自己安好。

雖然一路上陳素有些心不在焉，但蘭亭亭還是從她的口中得知了她的故鄉在江南的義昌鎮，和呂羅衣一樣，與成雲開的家鄉鴻牧村相距約一百餘里，並不遙遠。

而他們此次所去之地，也就是瘟疫爆發的地方然平鎮，正位於義昌鎮以及鴻牧村的中間，三地在地圖上呈現三角的形狀。

到了然平鎮上，當地的孫鎮長立馬為他們安排了客棧，為了能夠更為及時的了解染病百姓的情況，陳素要求將太醫院的醫士都安排在鎮上唯一的醫館裡。

而成雲開以方便調查之名，也將翰林院的住所安排在醫館對面的客棧。

孫鎮長是個乾脆俐落的人，沒有同他們有過多的寒暄，便開始向他們匯報當地的情況。

「幾位大人有所不知，現在然平鎮的百姓已有百餘人染上瘟疫，能夠對症下藥治療的藥品嚴重不足，我們鎮上的大夫現在只能採用保守的治療，若不是您幾位到來，我們就只能在這兒等死了。」

蘭亭亭見他眼眶發紅，又聽到這種情況，忍不住問道：「為什麼沒有從外地進藥，是沒有錢，還是沒有來路？」

孫鎮長搖頭道：「都沒有。今年趕上蟲災，秋天收成不好，您也知道像我們這樣的小鎮，在江南知府那裡根本分不到什麼撥款，根本也沒錢買藥，而周圍的鎮子、村子也都急著用藥，所有藥商的藥材都被全數收購了，藥材根本就送不進然平鎮裡。」

成雲開道：「我們帶了藥材來，目前還能夠應急，實際的缺藥情況我會上報，也已經另外命人找藥商進購相關的藥材。」

孫鎮長聽罷跪下來，謝道：「多謝青天大老爺！我們百姓有救了！」

蘭亭亭連忙扶他起身，與此同時，一旁的陳素已然穿戴好了防護的厚棉服，戴上了白色的面紗，關心地問道：「病人現在何處？」

孫鎮長欠身引路，蘭亭亭等人換好了棉服後也來到醫館附近收容患者的處所外待命。

由於其他人目前對此病症並不瞭解，陳素先隻身進入躺滿病患的大堂，將蘭亭亭等人攔在了門外。

屋中咳聲四起，許多百姓都在和病痛抗爭，陳素問過了癥狀，便開始嫻熟的一一診脈。

不久，陳素的眉頭越皺越深，她出了屋來，神色嚴肅地對成雲開說明情況。

「這不是普通的瘟疫，毒性更強，比在衢州的更為嚴重，我問過了這裡的大夫，目前用藥效果並不顯著，可能要調配新的藥劑，需要些時間。」

成雲開會意的立即安排了幾個隨從給陳素，在對面的客棧中搭建了一個簡易的藥房，又命他們去購置更多的藥壺，做好長期在此診病的打算。

而蘭亭亭心中卻在盤算著另一件事情。

書中，呂羅衣最終查明這次瘟疫大爆發的源頭跟然平西巷的那處水井有關，因梅雨季節積攢的雨水未能及時清理，導致形成了一片骯髒的水窪，而這片水窪不遠處，便是供給著然平半個鎮子的水井。

但基於當前在這個世界發生的諸多事情與書中所寫並不全然相同，蘭亭亭決定在晚上夜深人靜之時，再偷偷去那源頭察看情況。

傍晚，蘭亭亭忙完之後獨自離開，來到了西巷。

西巷的水井外建了個亭子，離旁邊民居很近，往南是一條上山的道路，兩旁的確有些坑坑窪窪的土路，隔幾步就有一灘水窪。

蘭亭亭小心翼翼的繞開了水窪，從懷中取出一個空瓶子，裝了水窪的污水，然後封好，裝進牛皮袋中，準備帶回去給陳素核查一下情況。

蘭亭亭沿著土路又向山上走了幾步，突然前方有幾隻碩大的老鼠跑了過去，她頓覺不寒而慄，轉身準備離開，忽然聽到下面的街巷傳來些許聲音，蘭亭亭連忙蜷縮在一旁高聳的松樹旁邊，偷偷向下看。

只見一個瘦小的身影鬼鬼祟祟出現在水井旁邊，東張西望觀察許久，未見有來人，便從那水井中拉起了水桶，取了一桶水，然後從懷中掏出了一個瓶子，將其中的東西全數倒進那桶水中，又把那水桶輕輕的放了下去。

蘭亭亭大驚，原來那日皇上所猜測的事並非沒有可能，當真是有人在投毒。

那人確認了水已倒入井中，才連忙跑走，蘭亭亭見已然來不及挽救那水井，只得偷偷的在後面跟著下毒之人。

她不敢離得太近，跟著走了一段路，發現那人在來回繞圈，只得離他更遠了些，直到繞到一個三岔路後，她徹底跟丟了人。

蘭亭亭蹲在路口，正在觀察哪裡的路揚起的塵土更多之時，忽然聽到嗖的一聲，不遠處飛來一把長劍，險些擦過她的髮髻，直直射入石牆上，她跌坐到了一旁，向後退去，貼到了一側的牆壁上。

從那柄長劍便知此人的武功定然不低，別說武功不低，但凡會點武的人，她都不能與之正面交鋒，蘭亭亭的大腦裡開始飛快的尋找與來人談判的籌碼。

忽然，牆的一側伸出來一隻手捂住了她的口鼻，蘭亭亭嚇得尖叫了一聲，便被那人拉入了幽暗的小巷中，蘭亭亭的呼吸幾乎凝滯，不敢再發出聲響，耳畔是那個人的呼吸聲，還有自己怦怦的心跳聲。

她透過月色照進來的餘光，看到了外頭那柄飛劍的主人，卻沒看清他的模樣，便又被身後的人捂住了雙眼。

一切變得越發複雜了，蘭亭亭不知此人是敵是友，但至少此刻，她還不想把自己交給那個刺客。

她設想了無數種自己的死狀，害怕是有的，但是更重要的是覺得太虧了，她好不容易能真正發揮自己的價值，用穿越而來的機會為他人謀取一些福利，做些行善積德的好事，卻要功虧一簣，豈不是太虧了？

「現在知道害怕了？」

蘭亭亭聽著熟悉的聲音，小心翼翼的睜開了眼，委屈兮兮道：「你嚇死我了！」

成雲開坐在她的身側，揉亂了她額頂的碎髮，探頭看著蘭亭亭有些泛紅的雙眼，笑道：「還嚇哭了！」

蘭亭亭一抬腳踢了成雲開一下。「你怎麼會在這兒？」

成雲開道：「只許妳來這兒，還不許別人來呀？」

「你早就看到了這一切？」

蘭亭亭回想了一下，不知是此人跟蹤技術好還是她過於緊張專心，居然一點都未發覺，想著，忽然覺得哪裡不對，又拍了下成雲開的胳膊。

「那你怎麼不早提醒我！若不是我蹲著，方才那把長劍就正中我的心臟了！」

成雲開蹙著眉頭看著她。「我哪兒知道妳跟蹤人還會迷路，我本來都跟到了那人的住處，一回頭發現妳人不見了，聽到了那長劍的聲音，才連忙繞道過來。」

蘭亭亭回想了一下那三條岔路上沒有一絲飛塵，的確有可能是她自己走錯了路，臉上有些燒得慌，側過頭，扶著牆起了身。

「咳，我是防止被他發現，才採用了迂迴的戰術。」

成雲開也扶著牆起身，挑著眉煞有介事的點了點頭。

走出了小巷子，蘭亭亭摸了摸牆壁上那被飛劍插入的痕跡，約有一指深，離得那麼遠扔過來，得有多麼大的力道。
「盡快離開吧，他可能還會回來。」
成雲開拉著她從這紛繁的小路中找到了回客棧的大道。
蘭亭亭一路跟在他的身後，看著月光從他的頭頂灑下來，在深藍色的常服上泛著光，忽然想到了一個問題，她驚得停下腳步，問道：「你怎麼會來這裡？你此刻不應該在聽那孫鎮長匯報今日的情況嗎？」
成雲開也停下了腳步，回過身道：「只許妳懷疑這病情的來路，就不許我懷疑嗎？」
蘭亭亭被噎了一下，但卻覺得更加奇怪。
她之所以會發現西巷水井的問題，是因為她曾看過書，書中呂羅衣查明了此事，她是站在巨人的肩膀上，那成雲開又是如何發覺的？
他同她一樣新來乍到，全程和她得到相同的資訊，他怎麼會注意到一個小鎮中七、八個水井其中之一呢？
蘭亭亭沒有理會他的反問，低頭看到了成雲開鞋子上沾到的水漬，盯著他黝黑的雙眸，又執著的問道：「你怎麼會注意到這個水井？」

成雲開這回非但沒有迴避這個問題，反而上前了一步，盯著她發亮的雙眸，半帶笑意地回道：「阿蘭女官是如何注意到的，或許，在下也是一樣。」

成雲開來到西巷水井探查瘟疫源頭時，本沒想到會見到正在取水的蘭亭亭，他曾設想過無數種此人冒充阿蘭的目的，也曾調查過許多次她的來歷，但是所有圍繞在阿蘭身上的線索無不指向她就是阿蘭本人。

而此刻，她卻能在來然平的第一天便注意到這個水井，並且還敢當著他的面，質問他為何知道，成雲開對她的好奇更甚了，所以，也並不介意在她面前顯露出一些自己能夠探知未來的能力。

在他面對回應過後，蘭亭亭反倒安靜了下來，她似乎陷入了自己的世界，不再對他鋒芒畢露，一心專注的想著自己的事情。

夜深人靜之際，成雲開帶著她回到了客棧，卻發現還有一間屋子竟然仍亮著光。

陳素還在白天新建的藥房中忙碌，聽到屋外有動靜，出門便見到神色溫和的成雲開，和一旁離他有些疏遠的蘭亭亭。

「你們這麼晚了怎麼還沒有休息？」

蘭亭亭這才緩過神來，繞過成雲開，來到陳素的身邊笑道：「屋裡太悶，我去外面吹了吹風，正巧碰到了在遛彎兒的成大人。妳現在這是……在用三齒噬髓草製藥嗎？」

陳素點了點頭道：「不錯，這藥草過於稀少，我只能先熬製再濃縮，還需要熬製幾天才能達到入藥的標準。」

蘭亭亭順勢留下一起幫她，她方才被成雲開點了一下，此刻並不是很想與他單獨接觸。

方才成雲開盯著她的眼神讓她覺得格外陌生，彷彿穿透過阿蘭的軀殼，直視她真正的靈魂。

蘭亭亭需要冷靜一下，回想著之前成雲開的諸多舉動，一個讓她後怕的想法忽然萌生了出來，難道他同她一樣，只是借住在某個軀殼之中，本不屬於這個世界？

「在想什麼？」

陳素見蘭亭亭舉著藥草發呆，用胳膊肘碰了碰她，喚她回神。

蘭亭亭回過神來，嘆氣道：「希望咱們帶來的藥材能夠先穩定他們的情況，等待測試三齒噬髓草藥效的這幾日，希望他們能夠撐住。」

陳素看著壺中煮著的藥草，沒再說話。

第二日一早，熬了一宿的蘭亭亭被外面紛雜的吵鬧聲驚醒，下樓便見幾個村民在門口擁堵吵鬧，還有人在叫號著大哭。

她連忙上前詢問狀況，聽了半天，終於聽懂了他們在吵些什麼。

原是一家昨晚死了人，懷疑是另一家人動的手，這兩家素來有矛盾，孫鎮長在當中調停了半天也沒有奏效，蘭亭亭看著這些人疫情期間還互噴口水、相互推搡的模樣，瞬間明白了現代社會那些基層防疫人員的苦楚。

她爬上了大堂的桌子，喝住了眾人，居高臨下地指揮道：「都先各回各家，我會帶人去調查情況，看看是哪家出了事，都跟我出來，帶路。」

等到了案發地點，蘭亭亭發現成雲開早已在此，石虎不知何時也來到了然平，正在探查死者身上的刀傷。

蘭亭亭定睛一看，死的人正是前一晚她跟蹤的那個人，她連忙上前翻找他的口袋，那個瓶子已經不翼而飛。

「是專業的殺手做的。」

石虎檢查完傷口，在成雲開耳畔低聲回報。

「我沒認錯的話，跟陳國的暗衛組織『赤炎』有關，他們喜歡先挑人手腳筋，最後再割喉。」

蘭亭亭湊過去聽，石虎頗為嫌棄的避開了她，成雲開見狀，簡明扼要地跟她說了重點。「是昨天那個人幹的。」

「他們不是一夥的嗎？」蘭亭亭有些驚訝，更有些後怕。

成雲開看了看此人榻上的褥子，並沒有掀開的痕跡，推測地說：「可能是殺人滅口。」

昨日石虎還未到，面對陳國的殺手，他不能輕易發難，本欲今日過來與之談判，卻沒想到對方如此決絕，沒有給他一絲談判的餘地。

蘭亭亭四處翻找著，試圖找到什麼罪證，但顯然，赤炎的殺手也不是吃素的，所有她能想到的地方，都早已被他清查完畢。

不過，皇天不負有心人，蘭亭亭最終在窗戶外面發現了一根魚線，魚線的末尾，鉤著一個指甲蓋大小的瓶子。

這是那個投毒的人給自己留的後路，卻沒想到還未來得及做什麼，就被滅了口。

蘭亭亭拎著那魚線甩了甩，笑道：「沒想到陳國人這麼愛用魚線。」

成雲開挑了下眉，回道：「看來阿蘭女官上輩子可能是個漁夫，一釣一個準。」

石虎聽不下去他們兩個人沒有營養的對話，忍不住插話道：「這有何用？」

蘭亭亭嘖了嘖道：「這便是陳國下毒的物證，我和成大人是目睹此事的人證，人證、物證俱全，大燕想要發難，那不是隨時的事嗎？」

石虎似懂非懂的點了點頭。

蘭亭亭又道：「現在就剩下一個問題，素素能否快點製出解藥，這毒隨著瘟疫已然波及到周圍各鎮，若是再不有效的阻攔，很有可能範圍會超出江南，影響到其他各地。」

成雲開卻似乎對此並沒有那麼擔憂，他只對石虎問道：「丁蘭香還有多久能到？」

石虎對此事早已熟記於心，立馬回道：「兩天。」

蘭亭亭不知道成雲開要做什麼，但他似乎非常需要丁蘭香的到來，此事讓她覺得疑惑。

而兩日後，這件困擾她的事情隨著丁蘭香的到來，有了準確的答案。

蘭亭亭驚得下巴裡能塞進一個拳頭——

與丁蘭香同時到的，除了有一車針對這次瘟疫準備的各類藥材，還有一箱已然提煉成便於直接入口的專用藥丸。

「我是嶺南醫谷的醫女崖子，這幾年因各地瘟疫頻發，我們已經找到了能治癒病情的最佳藥物，此番前來，希望能同太醫院的醫士們一起幫助然平鎮的百姓。」丁蘭香戴著另一張面具，對孫鎮長做著自我介紹。

蘭亭亭驚訝地不敢上前去搭腔，只直勾勾的盯著成雲開，後者卻風輕雲淡的與那二人安排著後續事宜。

孫鎮長大喜過望，連忙找來陳素共同對藥丸的藥效進行了驗證，的確如她所說的那樣，比現在所用的藥物更加有效。

陳素也十分驚異，哪怕她已拿到了蘭亭亭他們找到的毒物，卻不可能在幾天之內找出解決的辦法。

他們能夠如此迅速的製成藥丸，要麼是早已知道江南疫情的源頭，要麼當真是有著比太醫院還要高超的醫術。

在幾日的忙碌過後，然平鎮的瘟災的確有所緩和，不再每日有人病故，新增的病人也逐漸減少，都被及時收容救治，有專人進行照看。

蘭亭亭終於忍不住悄悄找到了丁蘭香，將她從陳素的藥房中叫出來。「妳怎麼會有這些藥？」

丁蘭香跟她打哈哈。「自然是採來的。」

蘭亭亭翻了個白眼道：「說實話，是成雲開告訴妳這裡有瘟疫的吧？妳帶來的藥與常規的治疫藥方並不相同，妳怎麼知道這裡的瘟疫情況，又怎麼會突然這樣改良藥方？」

丁蘭香上下打量了她，沒有回答，卻回問她。「妳又為何會來這裡？」

蘭亭亭疑惑道：「我為何不能來？」

丁蘭香搖了搖頭道：「成大人只同我說讓我做什麼，妳問的這些，不該來問我，該去問他。」

她頓了頓，又笑道：「或許他會占卜之術，能測算未來？」

蘭亭亭正欲離開，卻忽然想到了什麼，又坐回了她的身旁，隔著面具也看不真切她的神情，她輕聲問道：「之前千岐山一別，之後，妳過得可好？」

丁蘭香沈默了一下，眼神變得若有所思。

「還好，我回了嶺南，雖然發生了一些變故，但我又找到了新的目標，人生總要有些執念，不然很難活下去，不是嗎？」

蘭亭亭聽著她的話語，不禁想起了過去，她笑了笑道：「不錯，有了執念才能活下去，不然，我也早就死了。」

「希望嶺南的醫術和藥材能夠幫到這裡的病人。」丁蘭香起了身。「這裡的情況已經差不多控制住了，我畢竟此刻已是死人，不便多留，明日就會離開，去下一個需要我的地方。妳和成大人，希望各自珍重吧！」

在丁蘭香的要求下，孫鎮長並未將她嶺南醫谷的來歷公之於眾，陳素也未將她出現的事情向太醫院匯報，成雲開自然更不會在回京之後提及此事。

她的出現彷彿田螺姑娘，一夜之間給然平鎮帶來了期待許久的安康。

「妳覺不覺得，這位崖子姑娘有些眼熟？」陳素在丁蘭香走後，問蘭亭亭道。

她在時，陳素總覺得她的氣質格外熟悉，卻又想不到在哪裡見過。

蘭亭亭笑道：「醫者仁心，可能醫師的身上都有相同悲憫的氣質吧。」

又在然平鎮待了半個多月，終於將此處的瘟疫徹底遏制，孫鎮長一邊抹著眼淚，一邊揮別了太醫院與翰林院眾人。

他們的出現拯救了然平鎮的眾多百姓，也帶走了籠罩在他們頭頂的病魔，每個人都牢牢記住了這幾位大人的姓名，視他們為再生父母，不知比那遠在榆安市的江南知府好上多少倍。

而翰林院與太醫院則在此別過，太醫院一行人繼續前去下一處瘟災橫行的鄉村，翰林院一行人則奔向下一處目的地——榆安市。

去榆安市的路上，馬車裡格外安靜，成雲開在閉目養神，他的額角浮著一層薄汗，蘭亭亭很快注意到了這點。

「你的頭痛症又犯了嗎？」

成雲開平靜的睜開了眼，勾了勾嘴角道：「沒有。」

「那為什麼你看起來很緊張？」蘭亭亭回道。

這段時間她一直不知如何開口去問先前問過丁蘭香的問題，彷彿問出口後，有些事會驟然改變，發展到她無法控制的地步。

而同樣近鄉情怯的還有成雲開，他試圖笑一下，卻沒能成功。

「這麼明顯嗎？」

「你可以試試深呼吸。」蘭亭亭笑了笑。

成雲開非常受用的深呼吸了幾下，又平靜的閉目養神了一陣，開口問道：「現在好些了嗎？」

蘭亭亭點了點頭。「還有更好的方法，你想試試嗎？」

成雲開饒有興趣的睜開眼看著她，蘭亭亭歪了下頭，笑道：「將你所想、所擔憂的事情說出來，有個人一起分擔，或許就能平復心情。」

成雲開聽罷笑了笑，在蘭亭亭以為他不會再開口時，說道：「上一次我在這裡是五年前，當時我還是村子裡一個只知道四處亂跑的不懂事的孩子，一晃五年，這裡彷彿沒有變過，而我卻變了。」

五年前，成雲開重生之後做的第一件事就是找到榆安知府岳子義，他曾天真的以為，上一世因為治理水災失敗而被革職流放的榆安知府，將會是他此次拯救家鄉的盟友，卻不曾想此人竟然也是熙王的人。

他吃驚的同時又不覺在意料之外，熙王本來最擅長的就是找一個對他死心塌地的踏板，在關鍵時刻，踩著他們上岸。

而這一世，因他最終成功阻止了洪災，岳子義沒有被革職，反而一直在榆安當了五年的知府。

成雲開算著日子，是時候該做出一些改變了。

熙王的計劃在一步一步的展開，而秦苒之事已外流，流傳在牙行等消息販子之間，熙王不可能沒有耳聞。

他不怕熙王知道自己有二心，但是他要在熙王下定決心將他踩在腳下之前，先發制人。

而第一步，就是用岳子義來打他的臉。

在岳子義籌備的接風晚宴上，蘭亭亭見識到了與平日不盡相同的成雲開。

過去，他的手段都是藏在暗處，不會輕易在明面上與人衝突，蘭亭亭見識過他利用人的本事，卻是第一次見到他正面的進攻。

岳子義僵硬地舉著杯子，臉拉得死長，四周一片安靜，沒有人敢說話，他以為自己聽錯了，不禁開口問道：「成大人方才說什麼？」

成雲開將杯中的酒一飲而盡，笑道：「我說，吃過這頓飯，我便要將大人你告上公堂，升堂斷案，且請衙門的衙役將此事公告出去，百姓大可來衙門口共襄盛舉。」

岳子義動著自己不太聽話的五官，擠出了一個極醜的笑容。

「大人這是在與岳某開什麼玩笑嗎？當年我的確有眼不識泰山，將你趕出過府衙，但想必成大人心胸開闊，不會此時來公報私仇吧？」

成雲開在眾人驚異的目光中，走到了大堂之中，拍了拍一旁衙役的肩膀，從石虎手中取過一個細長的包裹。

他抖了抖那包裹，露出裡面的東西，對他道：「尚方寶劍在此，不知我可有權力將你查辦？」

別說岳子義嚇得手中的杯子掉到了地上，蘭亭亭都差點被酒嗆到，屋中瞬間噤若寒蟬。

「來江南之前，皇上曾單獨召見過我，任命我為此行的欽差大臣。」成雲開舉起了尚方寶劍。「平息然平瘟災過後，便要審你貪污腐敗、勾結山匪、欺壓百姓這幾大罪！」

第二日，一如成雲開所說，全城的百姓都圍在了府衙的門口，分外熱鬧，明明只是臘月中旬，卻在路上燃起了鞭炮，噼啪作響的歡迎著新來的欽差大人問審岳子義。

成雲開聽著外面百姓的喧鬧之聲，在正式開審之前，忍不住嘲諷道：「聽聽外面的聲音，你這是過年才有的待遇呀。」

蘭亭亭看著外面百姓們扔進來的臭雞蛋和爛白菜，覺得成雲開說的都算是輕了。

這簡直是人厭狗嫌，一地知府能做到下馬第一天還未定案就被舉城唾棄，也算是個難得的人才了。

成雲開一拍驚堂木，算是正式開審，外面百姓也安靜了下來，他未多言其他，直接叫人帶上了幾位證人。

「見過各位大人，下官是然平的副鎮長，曾在前一陣瘟疫剛剛爆發之時，多次往來於榆安與然平之間，在場的許多百姓或許都見過我，自然也見過我被這位知府大人趕出來時的樣子。

「他身為一州知府，非但不在疫情失控之時對我們施以援手，幫助百姓度過難關，還私自扣押京城派給我們的救命藥材，轉手賣給周邊報價更高的鄉鎮。」

副鎮長說罷，從懷中掏出來一張信紙，上面有許多紅色的印記。「這是我們然平鎮七百三十五人的手印，皆能證明我所述非虛。」

在百姓的唾罵聲中，跪在他身旁的人也開了口。

「小的是義昌鎮的漁民，五年前岳子義曾為我的家鄉治理水災，我曾以為他是青天大老爺來保護我們，卻沒想到他表面上幫助我們修堤建壩，實則是利用我們自己修建的堤壩再向我們徵收難以為繼的保護費。

「我們交不出來，他就抓走了家裡的壯丁流放外地，每年只能寫一封家書，到現在我還不知道我的哥哥人在何處！」

堂中越說越熱鬧，訴苦的人越來越多，外面站崗的衙役皆要使出全身的力氣才能夠攔住想要衝進來告狀的百姓。

成雲開待最後一個人說完，才又拍驚堂木道：「一宗宗罪罄竹難書，岳子義，你身為江南知府知法犯法，罪加一等，明日午後問斬，可還有話說？」

成雲開高舉尚方寶劍，勢要將他斬首示眾，岳子義見大勢已去，反倒釋然道：「不錯，我是有罪！」

堂下一片罵聲四起，他又高聲道：「那你呢！你當年將洪水東引，是避開了自己的家鄉不受水災，那義昌鎮呢？那裡的百姓又何其無辜，我若有罪，那你成雲開也有！」

在一片譁然聲中，成雲開不急不緩的開口。

「我的確將洪水東引，但是意在引向義昌東側的大江支流，若非你當年動了手腳，又如何會知道我引水一事？

「若當真如你所說，那你當年便知後果，又為何默許了我的行徑？還不是為了一己私慾，治理洪水能夠成為你邀功的政績，足夠你在江南橫行多年。」

太陽漸漸下山，在一陣鞭炮聲中，岳子義被關入了本由他掌管的死牢之中，在走過一個個被他親手關押進死牢的犯人眼前時，他的耳旁充斥著怒罵與嘲笑聲。

月亮升到頭頂的時候，他的老熟人成雲開來為他送上了一壺送行酒。

岳子義斟好了酒，一飲而盡，眼神格外平靜。

「成雲開，你就這麼把熙王賣了，膽子可真大。」

成雲開品了品酒香道：「五年了，該是時候了。我不動手，便是他要動手了，他若成了，你是功臣，但你難道沒有想過，他若敗了，你就是罪臣，株連九族、死無全屍的千古罪人。」

岳子義許多年沒與人這樣開誠布公的談過心，笑道：「開弓沒有回頭箭，我若是反悔了，我的家人同樣也不得全屍，只要他不動，我還能繼續做這個享清福的知府，去賭未來他能不能成功。」

岳子義舉杯嘆道：「我是身不由己。」

「你放屁！」成雲開喝斥道：「你早就知道他是什麼德行，你的政績給了他，你四處搜刮的壯丁被安排到他私設的軍營中，江南是他最為放心的一塊土地，待他一步登天，你們會最先倒戈為他搖旗吶喊。你早就知道他意欲何為，卻不敢拒絕和反抗，你和他又有什麼區別？」

成雲開罵著他，神情格外激動，雙目有些泛紅，岳子義這才看明白，他這不是在罵他，而是在罵之前的自己。

於是，他由著成雲開發洩，反正自己不過剩一日的壽命，而未來將要面對熙王強權的，是他成雲開。

一壺酒喝罷，成雲開起身，在他離開監牢之時，岳子義叫住了他。

「多謝。」

岳子義說完也覺得可笑，明明是他將自己送入了地獄，自己卻忍不住要感謝他。因為至少，他這樣死了，他的家人還能用他過去斂的財平安的活下去，熙王不會找他們的麻煩。

多麼可笑，他像狗一樣的活著，生死不過別人的一句話。

他躺了下來，在冰冷的監牢裡，感受著地面傳來的寒意，卻多年來第一次感受到了平靜，不必再擔驚受怕，不必再去揣度別人的想法，不必與老婆、孩子怒目相視，生怕他們得知一些不該知道的秘密。

他看到了自己的結局，反倒放鬆了下來，死亡對他多年的煎熬而言，不再是恐怖的東西，反而是個解脫。

他又想到了成雲開，當年執著而天真的一個少年，如今竟然如此堅毅的想要跟熙王抗衡，不知最後局勢會是如何演變，可惜，他看不到這個人的結局了。

第十四章

蘭亭亭招待完從外地趕來的然平副鎮長等人，沿著客棧旁的小溪一路走到了榆安的夜市。

如今已是臘月底，各家各戶都掛著大紅燈籠，準備迎接新年的到來。

岳子義明日問斬一事有如在榆安百姓的心口燒了一把烈火，燃起了他們對未來生活的希望，去過下午堂審的百姓都見過這位站在公堂之上的女官，見到她時都對她點頭行禮。

蘭亭亭走到各個鋪子上挑選了一些當地盛行的年貨，準備也拿回府中裝點一下。

雖然這是她在這個世界過的第一個年，不過她的心情還好，反正跟以往的年節也並不會有太大的區別。

往年她總會以加班為藉口，不會回鄉過年，也免得母親見到她心生難過。每年大年夜她都會走在城市的街道裡，看著各家各戶亮著的窗戶，看著頭頂的月亮，吹著寒風，迎接新的一年。

蘭亭亭一邊同鋪子老闆道著過年好，一邊拿起買來的窗花細細端詳。

在鋪子老闆苦口婆心說了一炷香後，蘭亭亭終於破防，買了他們家珍藏幾十年的女兒紅。

拎著酒回到了榆安府衙，蘭亭亭思索了一圈能同誰喝酒，最終還是放棄去成雲開的房間邀請，而是披上了厚實的披風，獨自坐在院子裡的大樹下，對月獨飲。

剛剛兩盅小酒下肚，連臉頰都還未染上紅暈，蘭亭亭便看到一個人拎著酒壺走了回來。

他的頭微微垂著，看起來有些孤寂，但他的步伐又很輕快，彷彿卸下了重擔。

「喝酒嗎？」蘭亭亭叫住了他。

成雲開站住了腳步，這才抬起頭看見坐在月下的姑娘。

她的唇角晶瑩紅潤，雙眸應著皎潔的月色，他不由自主的走到了那石桌的一旁坐了下來。

「什麼酒？」

「說是幾十年的女兒紅。」蘭亭亭給他倒了一碗，笑道：「可惜我並不懂酒。」

成雲開一飲而盡，搖了搖頭笑道：「妳被騙了。」

蘭亭亭哈哈大笑。「無妨，反正我也喝不出區別。」

成雲開嘴角帶著笑，眼底卻是沈沈的落寞。

似乎是喝了些酒，蘭亭亭的膽子更大了些，她湊到成雲開的耳畔，低聲道：「我太好奇了，你不是熙王的門生嗎？為什麼要拿著皇上御賜的寶劍打他的臉？」

在蘭亭亭的印象中，成雲開便是熙王，書中熙王很少出場，皆是由他來做些殺人放火之事，可為何這些日子以來，蘭亭亭卻覺得他們並不是一路人？

成雲開忽然大笑，他靠在樹上，笑聲越來越大，蘭亭亭從未見他笑成這個樣子，這才注意到他原是有一個酒窩的，在他大笑時才會若隱若現的顯露出來，竟多了幾分稚氣。

「連妳也想不到，他便更不會想到，甚好！」說罷，又一飲而盡。

蘭亭亭忍不住追問道：「那帳本，秦苒的帳本裡究竟有什麼秘密？」

「待回京了，妳便會知道。」

成雲開不再多說，只帶著笑意看著她。

「她是一個優秀的密探。」成雲開的眼神柔和了下來，看著天邊的月亮，嘆道：

「只可惜她站錯了隊。」

蘭亭亭盯著他的眼睛，他們離得很近，她甚至能看得清他根根分明的睫毛，但她卻沒有從他的眼中找到想要看到的東西。

「你抓了岳子義，也算是報了仇，為什麼我還是感受不到你的快樂？」

成雲開冷笑了一聲，低下頭，笑得更深，笑意卻怎麼也到不了眼底。「我做了一個很重要的決定，但我並不知道能不能成功。」

蘭亭亭一瞬間便明白了他的意思，忽然背後一陣涼意，這才意識到此人並不只是她的頂頭上司，還是書中的大反派，他抓岳子義絕不僅是為了私仇，而是因為熙王。

難道說，他現在已經有了頂替熙王謀反的準備，並且會將岳子義的死作為他起兵的第一步？

書中，距成雲開起兵之日還有半年有餘，他本是在熙王的命令下才帶兵攻入京城，最後卻不甘於只當熙王的走狗，在弒主未遂後，大敗而返。

「你……」蘭亭亭小心翼翼道：「你做了什麼決定？」

「知道太多，可能會死得更快哦。」

成雲開舉著酒壺在蘭亭亭面前晃了晃。

蘭亭亭撇了撇嘴。「反正我知道得已經夠多了，不怕再多一點。況且，萬一你失敗了，我也好提前找好下家，早日與你割席才對。」

成雲開愣了一下，從未見過說話如此直白之人，狐疑道：「我就這麼不值得妳信任？」

「你什麼都不告訴我，我怎麼評估你謀反成功的可能性？」

成雲開以為自己聽錯了，愣了一下，忽然哈哈大笑，笑得前仰後合，蘭亭亭被這笑聲搞得心中發毛，他才大喘著氣道：「放心，我還沒打算謀反，倒是未曾想到，阿蘭姑娘還有這樣的野心。」

蘭亭亭的臉倏地一下便紅了，她立馬站起身來，卻被樹上的枝杈弄到了腦袋，驚叫一聲捂住了腦袋，又坐了下來，一邊揉著、一邊道：「酒沒了，我要睡了，大人請自便。」

說完，便灰溜溜地東倒西歪地跑回了房中。

留下成雲開一人茫然的看著她的背影，輕輕搖了搖頭，繼而對月獨飲。

岳子義問斬之時，天朗氣清，他垂著頭枕在木樁上，等待接下來的一切。

成雲開在距他十餘步的位置前扔下了問斬令，喀嚓一聲人頭落地，他輕嘆了一聲，身體不自覺的顫了一下。

上一世如果不是沈泉動手殺了他，他會不會也是這樣的結局呢？

安排新任知府交接的事宜相當繁瑣，成雲開在這樣的忙碌中失去了思考的空隙，待徹底理清了岳子義的舊案後，他收起了尚方寶劍，準備打道回府，卻在上馬前，被蘭亭亭攔了下來。

「你要回京？」蘭亭亭質問他。

成雲開微蹙著眉，反問道：「不然呢？」

「我不知道皇上私下是如何同你說的，但是至少表面上，我們是來治理江南瘟災的，如今瘟災還未完全得到控制，你又怎麼能回京覆命呢？」

成雲開疑惑道：「然平的瘟災已經控制住了，太醫院的人都離開了。」

「那義昌和鴻牧村呢？」蘭亭亭的雙眸微微發光。

成雲開立刻明白了她的意思。

這就是之前他不想讓她同來的原因，就是怕她太敏銳，發現太多他不為人知的機密，偏偏當時不知怎的，竟然鬼使神差的應了她的要求。

此刻，她竟然還得寸進尺，想要去他的故鄉。

「太醫院的人已經去了。」

蘭亭亭無視於他冷淡的臉，本著來都來了的原則，決定硬的不行來軟的。

她柔聲道：「咱們怎麼說都該去一趟看看情況。再說，馬上就要過年了，就算現在立馬啟程回京，皇上一時半刻也沒空接見你。」

成雲開蹙著眉看著她，半晌，對車伕吩咐道：「去義昌。」

蘭亭亭徹底懵了，他的家鄉不是鴻牧村嗎？

義昌的瘟災已在陳素前幾日帶來的藥草診治下趨於平靜，百姓逐漸恢復了正常的生活，此時離大年夜不過三天時間，各家各戶也開始籌備起了年夜飯。

翰林院一行人在當地考察了半日，聽還沒離開的太醫院醫士說，陳素已經去了鴻牧村。

蘭亭亭看成雲開的神色不甚關心似的，彷彿鴻牧村並非他的家鄉，她思考了一整天終於想明白，許是因為在家鄉失去了父母，所以並不願意重回傷心之地，便也不再在他面前提及此事。

可偏偏在他們將要返回京城的前一晚，在客棧進餐時，聽到了旁桌人的對話。

「沒想到她竟然能當官，大燕真是沒人了！」
「誰呀？」
「就前幾日來城裡的那個女官，你別看她一本正經與人為善的模樣，」那男人說到此事，聲音忽然大了些，得意道：「她在床上的時候可不是這番正經模樣！」
「喲。」對面的男人驚訝道：「是你的老相好？這年紀怕是不太對呀。」
「三年前，風月樓裡最年輕的花魁，聽說過沒有？」那男人捋著鬍子，抬著手比劃。「那身材，那皮膚……」
話還未說完，他便被人搧了一巴掌，四仰八叉的躺倒在地。
他大罵一聲站起身來，只見眼前的女子正居高臨下的看著他，怒聲大罵。
「侮辱誹謗當朝五品女官，你可知是什麼罪名？」
那人還未接話，又聽蘭亭亭道：「就算是那風月樓中的花魁，你只能靠那些個臭錢才能一親芳澤，不覺得可憐嗎？你又算是個什麼東西？」
「瘋子！」那人見周圍圍來些看熱鬧的人，不想繼續與她爭辯，爬起身來回罵道：「這是個瘋女人！」
蘭亭亭胸口起伏著，她平復著自己的心情，驅散了看熱鬧的人，又坐回到位子上，嘴邊嘟囔著。「真噁心，竟然如此胡說八道。」
說完，又見成雲開微瞇著眼睛，若有所思把玩著手中的杯子，喃喃道：「風月樓……」
蘭亭亭哼了一聲。「怎麼，你還去過？」
像是忽然想起了什麼，成雲開啪的將杯子放在桌上，看了蘭亭亭一眼，道：「我有些事，妳先回京吧。」
看著成雲開風風火火的背影，蘭亭亭愣了一下，結了帳，連忙跟了出去。
她沒想到的是，成雲開這麼著急忙慌的出去，竟是要去風月樓！
那兩個男人的對話喚醒了成雲開久遠的一段記憶。
三年前，江南曾經有過一個名噪一時的青樓女子，名叫蘇禾，樣貌溫婉，能談會唱，他雖未見識過此人的容貌，卻聽說過她的故事。
只因為，她是王爺的女人。
三年前熙王曾在江南待過三個月的時日，便與此女子有過一段過往。
成雲開在腦海中飛速回想著之前陳素在太醫院的諸多異常舉動，除了阿蘭，難道陳素也發現了秦苒的事？她是否將他殺害秦苒的事告訴了熙王？

可若是當時熙王便知此事，又怎麼會留他到現在？

風月樓的嬤嬤見識過太多的女人，早已忘了蘇禾的模樣，從這裡是找不到什麼線索的。

成雲開又開始有些頭痛，難道他必須要去鴻牧村嗎？只有找到陳素，他才能知道熙王對他現在的想法到底窺探了多少，這關乎他回京後的一切抉擇，他必須要在這之前明確答案。

他別無選擇。

義昌到鴻牧村的路不長，卻很難走，成雲開一路飛奔，只花了一夜的時間，便到達了鴻牧村的村口。

已經有五年未曾回到過這裡，他卻仍然能夠輕車熟路的找到陳素所在的客棧，畢竟那是這個村子裡最大的客棧了。

他風塵僕僕的下了馬，臉上被風吹得泛紅，但他卻沒有休息，直接敲開了陳素的房門。

後者也不知為何一大清早就已穿戴整齊，見到成雲開如此模樣，帶著些許的驚訝。

然後，便聽到眼前人道：「蘇禾。」

陳素倒抽了一口氣，眼中的驚訝更甚，但很快轉化為了釋然，彷彿鬆了口氣。

她輕笑一聲，雙眸暗淡了下去，將成雲開迎進了屋裡。

「果然，我這樣的人，不配擁有秘密。」

成雲開聽她如此說，忽然對自己的想法產生了懷疑，他狐疑道：「妳不是熙王的人？」

陳素坐了下來，她邊說邊笑，笑起來卻不似過去的溫柔，反而帶了幾分嫵媚。

「說起來你可能不信，我也是那日被皇上欽點帶隊來江南時，才知道他竟是熙王。我本以為進了宮就能遠離外界的一切紛擾，重新開始，看來老天爺還是不給我這個機會。」

成雲開沈默了許久，再開口只是問道：「他找到妳後，給妳此行的任務是什麼？」

陳素笑道：「你還真是瞭解他。」

她看著屋外的日出，神色柔和。

「他讓我監視你，還讓我來這裡找到你的父母，真可惜，我沒來得及完成。」

「秦苒的事情，妳知道多少？」

「我本什麼都不知道，他讓我去查，我騙了羅衣，從她口中套話才知道了偷書一事，而且當初我也在池塘旁邊發現了魚線的痕跡。」她頓了頓，又道：「中秋節的那一晚，我本來是要替羅衣去給阿蘭送月餅的，沒想到正好看到你們在亭子裡……」

她猶豫著，試圖找到合適的詞彙形容他們當時的情況，但是想了許久沒有結論，便跳過這段說道：「我也看到了那些老鼠。當時我只是害怕，後來王爺要我查的時候，我才想到了另一種可能。」

「是妳將我殺了秦苒的消息流出去給牙行的夥計？」

陳素無奈地聳了聳肩。「他讓我做的。」

「既然瞞了那麼久，此刻又為何要跟我說實話？」

成雲開坐了下來，陳素為他倒上了茶水。

「我不會再回京城了，你斬首岳子義的事已經傳遍整個江南，熙王現在正煩心著，正是我逃走的機會。」

陳素說罷，朝他笑了起來。

「還望成大人此番能一擊決勝，救小女子於水火之中了。」

成雲開半笑地看著她，接過她遞來的茶，輕輕吹了吹，未有回應。

屋外忽然傳來一陣吵雜，陳素起身開門看是什麼情況，卻見蘭亭亭正在與店小二爭執。後者見門打開，頓時噤了口。

蘭亭亭本在屋外安靜地偷聽，卻被店小二找了上來，問她路引一事，她前一晚跟著成雲開出來得緊急，什麼東西都沒有帶，差點被店小二轟出去。

陳素笑著將蘭亭亭迎進了屋，對店小二道：「她是我的朋友，不用對她如此要求。」這才平復了事端。

「妳怎麼來的？」成雲開瞇著眼看她。「幾時學會的騎馬？」

蘭亭亭揉了揉手腕道：「試了一下，好像也並不難。」

陳素拉開她的手一看，手腕上都是勒痕，連忙道：「過來，給妳上藥。」

成雲開因她偷偷跟來，本是十分不悅，但一聽到陳素如此說，不禁站起了身，讓出位子站在一旁，側頭看了眼蘭亭亭的手腕，蹙眉道：「妳跟過來幹什麼？」

蘭亭亭低著頭道：「你突然來找素素，我怕出什麼事。」

成雲開聽罷，忽然冷笑了一聲。「阿蘭女官說得可真委婉，是怕我傷害她吧？」

雖然蘭亭亭就是這麼想的，但是她可不打算承認，此人小心眼得很。

蘭亭亭連忙又道：「我是擔心你，你之前如此抗拒來鴻牧，當時卻立馬啟程，一定是有什麼大事。」

陳素聽明白了她的意思，聳了聳肩對成雲開道：「我當真是來救人的，其他的事還沒來得及打聽。」

蘭亭亭偷聽時聽到了陳素與熙王的關係，也知道了她來鴻牧村的目的之一，就是為了找成雲開的父母，但是她卻記得，在前往臨即的路上，成雲開曾同她說過他父母的死，熙王難道連這件事都不知道嗎？

似是洞察到了蘭亭亭所想，成雲開看了她一眼，才對陳素說道：「給妳一天的時間離開這裡，以後不要再出現在江南。妳的事，我不會跟任何人說，我的事，妳也最好閉嘴。」

蘭亭亭也連忙道：「我什麼都沒聽到。」

陳素笑了下。「很好，我本也不想再待在江南，皇城有他在，我也回不去，就此離開恰如我所願。成大人，望你盡快完成心中所盼，對你，對我，對很多人，都是一件功德無量的大事，小女子先行謝過了。」

說完，陳素立即收拾了簡單的行囊，臨走前撫著蘭亭亭的長髮與她告別。

「阿蘭，我本名叫蘇禾，希望以後，我們還有機會再相見，幫我同羅衣道個別，我們後會有期。」

蘭亭亭在鴻牧村前的長河旁散步，天色漸昏，她還在消化之前從陳素那裡聽來的話，走著走著來到了村子的盡頭，坐在河邊看向村子裡來來往往的人，忽然發現了一個熟悉的身影。

她連忙站起身來跟了上去，那個人是石虎。

原來成雲開讓他提早離開並非是去處理京城的事，而是要他來鴻牧村辦事！

他的身上裹著繃帶，想必是已經和人交過手了。

石虎正好坐在一家茶館外面，也看到了蘭亭亭，他猛然站起身，四下看去，卻沒見到成雲開的身影。

「他不在。」蘭亭亭打消了他的念頭。

石虎轉著圈的打量著她。「妳來這裡幹什麼，你們沒有回京嗎？」

「還在追查一些事情，你是在這裡等人？」

石虎沒有回答。

蘭亭亭垂著頭沒有看他，問道：「熙王找到成雲開的家人了？」

石虎搖頭道：「沒有，是陳國的那個殺手，在村子外面我就解決了他。」

「成雲開還有哪些家人在這裡？」

石虎不自覺地看了眼這茶館的招牌，努了努嘴。

蘭亭亭猛然會意，緩緩回過身去，看著身後的茶館。

店裡只有零星幾個人，站在櫃檯中的是一個留著鬍子、戴著帽子的小老頭，她還來不及細想，腳步已經走進了茶館裡。

老頭抬頭對她笑了笑，問道：「客官要喝什麼茶？」

蘭亭亭心中一顫，這個人的笑容竟然如此熟悉，她還未開口，便見成雲開從後廚走了出來，繞過她對石虎道：「去買些肉回來。」

石虎本望向外面，聽見成雲開的聲音一驚，轉頭就見他從後院出來。

原來他也回來了，這裡有他守著，他也能放心，於是石虎立馬往集市奔去。

「爹，她不喝茶。」成雲開向櫃檯裡面探了探頭。「你藏的酒呢？」

老頭向前靠了靠，揮了揮手道：「去！後院樹下有你娘上個月買回來的好酒，喝那個。」說完，又朝蘭亭亭笑道：「姑娘有落腳處嗎？在我們家先住下吧。」

蘭亭亭沒想過成雲開的爹竟然這麼熱情，有些受寵若驚道：「那就麻煩您了。」

「妳是不是心裡在罵我？」

成雲開將她帶到後院，從樹下翻出了酒來，遞給蘭亭亭。

「我不是故意騙妳的。」

他是指當初在臨即時他說過的話，蘭亭亭雖然沒有罵他，心中卻的確在想這件事。原本書中的確如他所說，他的父母因洪災而亡，但現在他們卻又活生生的站在她的面前，這本是不應該的。

而成雲開卻好巧不巧的用書中發生的那些事實來安慰她，這如果是巧合的話，也未免太巧了些。

蘭亭亭接過他倒給她的酒，對他道：「今晚就是年三十了，你們家會吃年夜飯嗎？」

成雲開被她沒頭沒尾的一句話問住了，愣了一下才道：「會吧。」

蘭亭亭走到了他的身邊，笑道：「小的時候，我們家裡熱鬧得很，姑姑最喜歡打麻將，成天在我們家泡著，拉著我爸媽和姑父一起，一坐就是一整天。」

成雲開微微蹙著眉頭，安靜的聽她講著話。

蘭亭亭也看著他，試圖從他眼中看出些什麼。「你打過麻將嗎？」

成雲開全然不知道她想說什麼，只得困惑地搖了搖頭。

半晌，蘭亭亭嘆了口氣道：「知道在牢裡的那三天我為什麼過得那麼好嗎？」

想到此事，她不禁有些得意的笑了起來。

「我教了那些獄卒比搖骰子更有趣的東西——打麻將，現在想必他已經發財了，等回京城後，我教你打！」

對成雲開的試探失敗竟然讓蘭亭亭產生了一種難言的失落，她看了看成雲開父母的院子，覺得在此處放鬆一陣也是個不錯的選擇。

他的父母和他並不相同，待人處事極為熱情，相處起來很是舒服。

傍晚，為了顯得自己不是個只會吃、不會做事的飯桶，蘭亭亭主動請纓想要在他們面前露一手自己的廚藝，展現一下現代的美食技藝。

然而，面對著一盤焦黑得不知道為何物的東西時，蘭亭亭忽然放棄了這個不切實際的想法，決定幫成雲開的娘在廚房打打下手就夠了。

成雲開似乎對她並不放心，總是賴在廚房門口不願離開，但最終還是說不過他娘而被請出了廚房。

蘭亭亭一邊傻笑著，一邊紅了眼眶。

「五年前他走之後，就沒回過家。」成母飯做著做著，忽然嘆了口氣。「都怪他爹當年把他罵走，我看他現在也挺成事的，比老大可出息得很。死老頭就是嘴硬，現在也不誇他幾句，他哪裡願意回家來。」

成母的眼睛很好看，是杏眼，雖然年歲已高，眼下有了眼袋，卻仍是一副我見猶憐的模樣，成雲開的眼睛許是隨了她，蘭亭亭暗自想著。

「他心中自然還是有二老的，但是可能有太多事需要顧及，怕因為他自己的緣故連累你們，因此沒有回探望你們。」

蘭亭亭對此倒是十分理解，成雲開不回家定然不是因為他不想，而是因為他不能。石虎身上的傷，就是最好的證明。

成母點了點頭笑道：「就是沒想到這回回家，竟然還帶回來妳這樣好看的姑娘。」

蘭亭亭被她誇得有些不好意思。「我是他的下屬，此番回來是來幫助村民治療瘟疫的。」

「那和前幾日來的陳大夫一樣了，都是好姑娘。」

成母放下了手中的活，側過頭來又仔細看了看蘭亭亭。

「姑娘覺得我家老二如何？」

蘭亭亭覺得自己遇上了個世紀難題，如何在一個母親的面前評價她的孩子？誇得狠了怕對方誤會，說兩句不好聽的又怕破壞了氣氛，她撓了撓頭。

「挺好的。」蘭亭亭模糊地說著。「就是有點孤僻。」

成母聽罷一拍桌子，恨不得握著蘭亭亭的手與她徹夜談心。

「太對了，他小時候還不是這樣，十六歲那年生了場怪病，不知怎的人就變得奇怪了起來，也不和其他的小孩子玩了，成天跟他爹吵，非要離開村子。」

十六歲，本是他的家鄉出現洪災的那一年。

「是什麼怪病呀？」蘭亭亭指了指腦袋，問道：「頭痛症嗎？」

成母皺起了眉，回憶道：「發了一個月的燒，醒來之後又哭又笑的，嚇得我啊還以為他得了瘋病，沒過兩天又恢復了，腦子也比之前機靈了許多，就是脾氣、秉性像變了個人一樣。

「沒過多久我在家聽人說他在村子裡忽然吐血昏倒了，給我嚇得夠嗆，但後來大夫來看也說不出是什麼毛病，唉，他能長這麼大也不容易。」

蘭亭亭隔著窗戶，看著在外面跟成父在月下喝酒的成雲開。

他的神情放鬆，眉頭舒展，她從來沒有見過他這般輕鬆自在的模樣，父子倆很少交談，只是各自喝著酒，臉上就有難掩的笑意。

晚上吃飯的時候，蘭亭亭覺得自己彷彿回到了小時候的家，在她小時候，家裡也是住平房的，屋子裡燒著煤，正如現在的火爐，成母的手藝很好，家常菜的口味令人口齒留香、回味無窮，蘭亭亭恨不得請她去京城一起住。

「村子裡多好。」成母笑道：「老二也來過信問我們要不要去京城住，現在是走不動嘍，而且我們在村子裡過得挺好的。」

成父嚥下菜道：「年輕人翅膀硬了飛走了，我們可飛不動了。」

成雲開聽著，也不言語，兀自吃著菜，蘭亭亭卻察覺到了他眼神中閃過的一絲傷感。

她連忙道：「伯父、伯母留在這裡也挺好的，哪天大人在京城待得煩悶了，也有退路能回家來。」

成母笑道：「還是阿蘭姑娘會說話。」

吃過年夜飯，外面炮竹聲早已連綿不絕，在屋子裡正常音量的講話根本就聽不到，他們索性也就不再講話。

蘭亭亭喝了點酒，臉上帶著些紅，放鬆的坐在院子裡看著天邊閃耀的煙花，見成雲開也坐在了她的身邊，她笑道：「我好羨慕你。」

成雲開看了看屋中忙碌的父母，晃了晃酒壺道：「我也挺羨慕的。」

「不要臉！」蘭亭亭推了下他的胳膊。「那你還不好好珍惜，五年了都沒回過家。」

成雲開抬頭看著星空，眼神放得長遠，彷彿看到了上一世的自己。

大仇未報，他本無顏回家，卻還是陰差陽錯回到了這裡，他就是太過於珍惜，不想打破家鄉的寧靜，才不敢回來，也怕自己沈醉在這樣的生活中，忘記了仇恨。

他不知道該說什麼，側過頭卻見蘭亭亭頭靠在一邊，微張著嘴在打瞌睡了，像個初生的嬰兒一般，他忍不住輕笑了一聲。

正思考著如何將蘭亭亭弄回屋中，成雲開卻忽然聽到了外面的幾聲哨音，他的神色瞬間變得嚴肅起來，出了屋去，石虎正在門口，他遞來一封飛鴿傳書。

上頭只寫有幾個小字：京城有變。

成雲開握緊了紙條，回頭看了看身後安逸的茶館，裡面的人正在歡歡喜喜地過年，出了這個門，他即將要面對的，卻是無法預期的雷霆暴雨。

蘭亭亭醒來之後，整個人都傻了。

成雲開竟然離開了，就留她一個人在他的家中。

成父舉著笤帚在罵街，脾氣那個火爆，見蘭亭亭出來，也試圖拉著她一起罵，成母在一旁規勸。

「他人都走了，你罵了也沒人聽見，大過年的，晦不晦氣！」

幸而石虎沒走，她試圖從他口中得到一個說法，然而石虎兀自坐在門口，像個門神一樣，也不回應。

蘭亭亭無奈地搖了搖頭，只得自己叫了匹快馬，一路往京城趕，剛出了江南，竟然在驛站聽到了熙王起兵謀反的消息。

她馬不停蹄的趕到了京城，卻被攔在城外，外面有一群揹著行囊的老百姓想要進城，蘭亭亭沒有擠進去，只是在他們不遠處，向城外的茶鋪老闆打聽消息。

「兩天了，都是西邊來逃難的。」

「因為熙王？」

老闆拉著她進了店，好心的提醒道：「唉，莫談國事，我聽說啊，臨即那邊有一夥叛軍，不知是誰偷偷養了私兵，被朝廷派去剿匪的隊伍發現了，現在京城戒嚴，都不讓人進出往來。」

話音未落，又有幾個來逃難的年輕人進了茶鋪，嗓子沙啞的要著水喝。

茶鋪老闆揚聲應著，叫店小二好生招呼。

蘭亭亭坐在店裡望著城門口的人群，他們呼喊著，打仗對他們來說是災難，也有人興奮的帶頭與站崗的侍衛對嗆，這對他們來說又是命運的轉折，而對這茶鋪中的老闆來說，是他的財路。

知道發生什麼事情後，蘭亭亭反倒並不急著進京，她並不能改變歷史的軌跡向前碾壓，也阻擋不了成雲開、熙王，甚至是太后、皇上謀劃了多年的戰爭，這一刻的交鋒，無論是在臨即還是京城，她都難以插手。

她是個旁觀者，只需要做好等待的職責，到了合適的時候，她就可以見證這場變故。

而這個合適的時候正在五日後。

這幾天蘭亭亭一直住在城南外十幾里的一個樞紐小鎮，皇上在開戰後三日便騰出了手來將城外的難民安置在此。

她見證了這些百姓從驚恐到慌張，再到平靜麻木的過程。

然後，城門終於大開，皇上也昭告了天下，攝政王一職被免，但念在熙王隨先帝開國有功，並未將其貶為庶人，而是剝奪其全部兵權，將其流放至東南邊境，永不可踏入京城一步。

蘭亭亭聽到這個消息的時候，感覺有些恍惚。

翰林院來的小廝在她面前揮了揮手，她才回過身來笑了笑，書中，熙王便是這樣的結局，甚至連皇上下的詔書都一模一樣。

「成大人呢？」

小廝欠身回道：「成大人正在宮中，已經幾日未回翰林院了。」

蘭亭亭點了點頭，拿起了身旁的袋子揣進懷中，向外走去，卻被小廝攔在了屋裡。

「大人要去何處？」

「我進宮還需要向你稟報嗎？」蘭亭亭有些不悅。

小廝低頭道：「不敢，只是成大人吩咐，外面危險，且宮中熙王餘黨尚存，故派小人前來護送，也提醒大人暫時謹慎外出。」

蘭亭亭皺著眉，想了想道：「進宮後，我就去御膳房找人罷了。」

那小廝才讓出了半條路，讓蘭亭亭離開了房間。

但她進宮後並沒有去御膳房，她走在通往景元殿的大道上，宮中安靜得分外可怕，她回到翰林院的時候，發現翰林院中一半的人都被換掉了，盡是些陌生的面孔。

出了這麼大的事情，時復不知為何卻不在宮中，她覺得有些慌亂，想找人問問這些天來究竟發生了什麼，如今只能寄託於在景元殿門外能等到誰了。

她到了門口，卻沒想到居然在這裡見到了孤身一人的呂羅衣。

第十五章

「妳怎麼在這裡？」

呂羅衣本在殿外來回踱步，聽到蘭亭亭的聲音先是有些驚愕，又驚喜道：「妳終於回來了！羅大人在殿中，我在外面等他。」

「這幾日你們都在宮中嗎？」

呂羅衣點了點頭，低聲回道：「妳不在的這幾天，宮裡出了大事，妳可知道時復大人被免職了？」

蘭亭亭分外震驚，時復是太后的人，為何會在此刻被免了職？

她想到那小廝的話，問道：「那現在翰林院豈不是群龍無首？」

呂羅衣搖了搖頭，道：「皇上任命了成大人暫時代任翰林學士承旨一職。」

蘭亭亭心中一動，沒再繼續問下去，而是道：「我記得出京前妳曾同我提過太后的病，羅大人此番入宮是因為這事嗎？」

「不錯。」呂羅衣嘆道：「熙王起兵後，太后大驚，突然病重，命羅大人為其診病，之前我研製的藥膳不太管用，昨日才將三齒噬髓草結合過去的藥方製成了藥丸，給太后服下，現在，羅大人正在裡面問診。」

「怪不得妳現在如此緊張的模樣。」蘭亭亭握緊了她的手，對她點了點頭。

呂羅衣也笑了笑。「妳和素素在江南可還順利？還好熙王沒有在江南起兵，否則妳們可要遭殃了。」

蘭亭亭聽到了陳素的名字，不知道該如何告訴她她不會再回來的消息，正要開口，卻見羅遠山揹著藥箱從殿中退了出來。

呂羅衣連忙上前幾步，神色緊張的問道：「如何？」

羅遠山蹙著眉，半晌才忽然笑道：「比前幾日好了許多，有用！」

呂羅衣這才長舒了一口氣，眼中泛起了紅，蘭亭亭聽著，也覺得她這些日子十分不易。

羅遠山說罷，見到蘭亭亭在一旁，關心道：「江南的瘟災也不好控制吧，陳素呢？妳都回宮來了，她怎麼還沒回來？」

蘭亭亭尷尬地笑了笑道：「我們走散了，最後在鴻牧村分開的，我路上耽擱了一陣，回來得晚些。」

羅遠山見她臉頰瘦了些，拍了拍她的肩膀，在她耳畔道：「多事之秋，回去休息吧。」

回到翰林院的舊屋後，蘭亭亭關緊了房門，也將紛擾關在了門外。

夜晚，外面都點起了燈來，她卻一直坐在床上沒有動彈，只是專注翻看著手中的家書。

等待的時間太漫長，又太孤獨，她忽然萌生了離開的想法，既然丁蘭香和陳素都能全身而退，她又為何不可以呢？

想著，忽然門外傳來了敲門聲。

蘭亭亭沒有點燈，順勢裝作沒有聽到的樣子，外面安靜了下來，她又看了一陣子家書，規劃了一下去泉州的路線，屋外風吹得很大，蘭亭亭仔細聽了聽，卻沒聽到木屋被風吹動的吱呀聲，她心覺有些奇怪，便開了房門。

門口坐著一個人，她一開門，便倒了下來，後背砸在了地上。

成雲開躺著看著蘭亭亭，忽然大笑了起來，他撐著地起身，不由分說的進屋坐下。

蘭亭亭向外探了探頭，沒什麼人看到，她關上了門，仍舊沒有點燈。

「妳生氣了？」成雲開開口道。

「沒有。」蘭亭亭淡淡地回道。

成雲開靠著桌子，將腿盤坐在椅子上，看著蘭亭亭。

「熙王徹底失敗了，不會再回來了，雖然沒能親手殺了他，但是我已經很滿足了，在此之前，我並不能確定這次能不能成功，我不想拖累別人，所以沒跟妳透露太多。」

蘭亭亭當然知道，他是不希望有更多的人跟著他冒險，但是他也不該什麼都不說，將她丟在鴻牧村，讓她成為一個局外人。

「我是不想死，」蘭亭亭沈默了許久，開口道：「但也不代表我怕死。就算我沒跟你回來，留在有石虎保護的鴻牧村，你的父母身邊，但你若失敗了，我仍會是第一波被清肅的人，當初你拉我入夥的時候，怎麼沒想過會連累到我？」

成雲開被問得怔了怔，好一會兒後，他沈沈地說：「對不起。」

蘭亭亭聽他的聲音有些微顫，嘆了口氣道：「我想知道發生了什麼。」

「我正是來告訴妳的。」成雲開忽然笑了起來。「一切都結束了，岳子義的死是我臨走前和太后定好的時機，她遭人下毒，熙王雖早有謀逆之心，羽翼卻尚未豐滿，不會斷然出擊，但太后等不了了，她得斷他的路，逼他反，只有他先反了，才有機會來肅反。」

這些事和蘭亭亭所猜測得差不多，除了太后被下毒一事。

「是熙王下的毒嗎？」

成雲開似乎盤坐得不太舒服，他靠著椅背緩緩滑了下去，頭枕著桌子，閉上了眼。

「或許吧。」

蘭亭亭又問：「那時大人是怎麼回事？」

等了一會兒，成雲開沒有回應，蘭亭亭覺得有些奇怪，起身走到了他的身旁，卻見他額角一層薄汗，身體蜷縮得厲害，她知道，他的頭痛症又犯了。

蘭亭亭冰涼的手敷上了他的額角，他半昏睡了過去，時不時扭動著脖子。

蘭亭亭人在翰林院，心卻已經飛出了京城，她覺得有些倦了，她既無法留在太醫院，也無法繼續待在翰林院了。

她將成雲開移到了床上，為他敷上了冰涼的毛巾鎮痛。

蘭亭亭本想在第二天遞上已然寫好的辭呈，卻沒承想一大早被成雲開叫起來進殿面聖。

這回殿中竟然只有太后，蘭亭亭低頭行著禮，只聽太后的聲音頗為虛弱的吩咐成雲開退下，殿中只剩下她們二人。

「成大人同我說，此次平定熙王一事，妳在江南為他出過力？」

蘭亭亭認真回想了許久，也未想到自己究竟在何處出過力，但既然太后如此說了，她只得應著。

好在太后也並不是真的問她，而是繼續自顧自的說著。

「熙王與陳國勾結意圖賣國一事罪證確鑿，陳國使臣突然來訪的目的如今也昭然若揭，處理使臣一事理應封賞，妳可有什麼想要的賞賜？」

蘭亭亭心中早已準備好要離開京城了，可偏偏太后這樣問她，如果此刻提及辭官一事，那無疑是在太后的臉上打上一巴掌，她俯身行禮道：「臣不敢，為太后、皇上排憂解難乃臣的職責，不敢乞求封賞。」

太后忽然起身，竟然從那簾子後面走了出來，來到蘭亭亭的面前，裙角在她前方掃過。

「抬起頭來。」

蘭亭亭第一次這麼近距離的見到太后的模樣，她的皮膚保養得很好，但是眼底有淡淡的青色，想來是中毒所致，氣色很差。

「在翰林院做事感覺如何？」太后半帶笑意，居高臨下的看著她。「皇宮很大，並非只有一個翰林院。」

蘭亭亭心下一驚，太后這無疑是在向她遞出橄欖枝，若是說錯一句，非但不能離開京城，還可能一輩子要被關在這宮中。

她扯了扯唇角，連忙道：「回太后，臣入翰林院後一直跟隨在成大人身側，對他的行事頗為瞭解，宮中之事定然逃不過太后的眼睛，但翰林院學士畢竟為外臣，想必太后也不能全然由著他全權掌事。」

太后揚眉道：「阿蘭女官此話何意？」

蘭亭亭正色道：「臣願繼續留在翰林院，做太后千里之外的耳目。」

太后笑了笑，又坐回了榻上，行若無事地聊道：「聽說泉州是個不錯的地方，先帝曾在此狩獵，說不定哪日皇上也會去看看。」

成雲開在十日之後被封為翰林學士承旨，蘭亭亭隨之雞犬升天，雖然這同她最初所設想的並不相同，但也算是升職加薪了。

平日裡自然更加繁忙，過去沒有什麼機會進殿面聖，如今每日清晨到皇上身邊報到已成習慣。

小皇上看著調皮喜鬧，在翻閱奏摺時卻能沈下心來，一坐就是一個時辰，這倒讓蘭亭亭對他有些刮目相看。

每日整理皇上批閱的奏摺後，她便應當離開，但今天卻有些不同。

皇上叫住了她，將手中的摺子扔到了她的手中。

「阿蘭愛卿如何看？」

蘭亭亭翻開摺子一看，說的正是陳國邊境之事，自從陳國使臣馮蒼回國後，陳國太子和四皇子的矛盾不斷激化，已然到了針鋒相對的境地。前一陣子熙王起兵也是同陳國太子有所密謀，在燕國國內和邊境同時發起攻勢。

如今燕、陳的矛盾已然到了外交無法調停的狀態，勢必將有一戰。

「陳國多次對邊境進行騷擾，按理說我們有足夠的理由對其發起進攻，但現在卻不是最好的時機。」

皇上側過頭看著她。「願聞其詳。」

「攘外必先安內，熙王的勢力還未能全數拔除，他又與陳國有勾結，此刻我們在對方面前是透明的，必須要將他的餘黨鏟除，才能有對抗的力量。」

皇上笑道：「沒想到阿蘭女官也是這樣想的，這段話朕已然聽過了。大燕先不出擊，那陳國呢，近日是否會再有動作？」

蘭亭亭抽出了另一本奏摺，翻開遞到皇上的面前道：「泉州現在有些不太安定，有人藉熙王的名號在鬧事，熙王此刻已經流放，是餘黨最該沈寂的時刻，不難看出，是有陳國的人借熙王之事試圖牽制燕國的部隊，待時機成熟之時，便會發起進攻。」

「以阿蘭女官之見，何為時機成熟之時？」

蘭亭亭忽然笑了起來。

「初春。兩個月之後，陳國的迎春節在二月十八日，屆時是他們開戰的最好時期。」

這樣精準的日期自然不是蘭亭亭夜觀天象推算出來的，而是書中曾有所提及，雖然現在燕國的事態發展與書中並不相同，但是陳國國內卻並沒有太大的變化。

陳國之所以會選擇這個時機，是因為那時是國內最為安定的時期，陳國太子也將會在這一日篡位成功，取得都城的控制權，而為了轉移篡位所帶來的內部矛盾，他將會選擇在這一日順應民心向燕國宣戰，以穩固政權。

皇上有些驚訝，他神色複雜的看著蘭亭亭道：「此事，妳可曾與成愛卿探討過？」

蘭亭亭已經很多天沒有同成雲開說過話了，自然也不會閒來無事探討國事。

她搖了搖頭，卻聽皇上疑惑道：「二月十八，究竟是什麼日子，竟然你們兩個人都推定在這一天。」

蘭亭亭也頗為震驚，推定在初春並不奇怪，但是能如此精準的說出在這一天，就難以用巧合來解釋了。她不禁想到了在江南時成雲開同她說的那句話，他們是一樣的，那麼又是以什麼樣的方式一樣的呢？

她默默地想著，又拿起了方才的摺子，對皇上道：「臣想請命，前去泉州平息熙王餘黨一事，從陳國使臣來燕後，臣便經常與他們的人打交道，此番或許可以抓到陳國的密探，能夠對他們下一步動向有更深的探知。」

皇上點了點頭，走到了她的身旁，抬起了她行禮的胳膊，道：「朕准妳去，但是在這之前，先給朕看看這幾幅畫畫得如何？」

蘭亭亭沒想到他這麼快的轉換了話題，這才注意到他的桌子上正攤開著一幅畫，畫上是一隻飛舞的鳳凰。

「很有神韻。」鳳凰舞動著翅膀，側過頭來看向畫外的人，優雅而高貴。

蘭亭亭忍不住問道：「這是要送給太后的？」

皇上聽罷開心地笑道：「妳看出來了？那的確畫得不錯了。母后近日身體不好，羅愛卿說是找到了調理的辦法，朕也正好送她一幅畫，希望她能舒心一些。」

「皇上仁孝，太后見此畫定會高興得很。」

蘭亭亭沒有看到太后收到此畫的模樣，但是後來她再也沒有見到過這幅畫。若皇上的確送給了她，她定然會將其懸掛起來，除非這當中出現了什麼差池。

而蘭亭亭卻並不在意，她還在等著皇上命她去泉州的詔書。

成雲開這些日子變得十分忙碌，許多人登門拜訪，不只是翰林院，連成府門口都門庭若市。

蘭亭亭打聽到了時復的去處，他算是在這場變故中較為幸運的，太后給了他主動辭官的機會，他現在已經解甲歸田，過上了退休的生活。

但蘭亭亭思前想後也想不出他有與熙王勾結的可能，直到她整理時復過去的書房時，才發現了他與熙王的書信往來。

或許他們的確曾為同窗，在前朝皇帝的庇佑下一同成長，這也成為了時復不再被太后信任的標誌，他是個固執又守舊的人，顯然太后並不喜歡跟這樣的人打交道。

她將時復的屋子收拾乾淨，出門扔垃圾的時候，正巧撞見了成雲開回來，她側過頭假裝沒有看見，卻被成雲開叫住。

「妳向皇上請命去泉州，為什麼不跟我說？」

蘭亭亭回過身道：「這種小事，成大人也需要事無大小的瞭解嗎？」

成雲開見她仍是一副愛答不理的模樣，將她拉到了一旁，在她耳畔道：「熙王為一己之私，不惜傷害平民百姓，他要謀反，我逼他反，有何不可，妳到底在生什麼氣？」

「我沒在生氣。」蘭亭亭抬起頭來看著他。「我是覺得累了，你有太多秘密和要做的事情，待在你的身邊，太危險了，泉州反正也是你的地盤，我去那裡，你也可以放心，我答應過你為你保守秘密，就一定會做到。」

成雲開看著她眼中的落寞和迷茫，嘆了口氣道：「我知道那天太后一定會跟妳說什麼，但到了現在妳也未跟我提過。」

蘭亭亭心中一緊，太后挖牆角這事，她雖然當時應了，但是她卻並不想真的參與進去。

伴君如伴虎，跟著成雲開到現在，她都摸不清他在想什麼，她更不打算提著頭跟太后周旋，所以她才更要去泉州。

「我沒打算那麼做，自然沒必要告訴你。」蘭亭亭有些不悅的盯著他。「你在懷疑我嗎？那放我離開不是挺好，我也不會給你造成威脅。」

成雲開蹙著眉看著她，半晌未回應，退了半步才沒頭沒腦的來了句。「再等幾日。」

她猶豫了一下，還是叫住了成雲開，從懷中掏出來一個瓶子。「這藥或許能對你的頭痛症有些幫助，不會讓你嗜睡。」

成雲開微顫了一下，他緩慢的伸出手接過瓶子，看著蘭亭亭的眼神變得複雜。

蘭亭亭見他如此猶豫，又補充道：「我跟太醫院的人說是我自己頭痛，沒有提你，你可以放心。」

成雲開開了口，卻被噎了回去，終是沒說什麼，轉身離開。

蘭亭亭又回到了時復當初的書房中整理著書架，忽然聽到有人叫她，出門一看，呂羅衣正揹著行李在門口等她。

「我要去東淵了。」

蘭亭亭有些驚訝，轉而想到了太后的病症，低聲問道：「是去採藥嗎？」

呂羅衣點了點頭。

「不錯，走之前我還是想來問問妳，當初妳和成大人所發現的那個地方，」她說著，不太好意思的看著蘭亭亭。「還有留存的三齒噬髓草嗎？」

蘭亭亭明白了她的意思，她此刻臉燒得通紅，許是因為自己的這個問題而感到心虛，畢竟蘭亭亭早已跟她說過當時的情況，她再來詢問便是不相信她，這對一個這樣單純的小女孩來說，的確有些為難。

蘭亭亭笑了笑問道：「孟大人讓妳這樣問我的？」

呂羅衣的臉更紅了，連忙解釋道：「是我想去那兒找的，我覺得你們帶回來的藥草長得更好，根部生長粗壯，或許那附近還會有別的遺珠。」

蘭亭亭問道：「太醫院裡現在一株都沒有留下嗎？」

呂羅衣嘆了口氣道：「還有一棵獨苗，但是等它生長還需要許多時日，太后的病只差最後一個療程，目前來看，不宜久耗，會有後遺症。」

蘭亭亭算了算日子，對呂羅衣道：「那妳趕緊出發吧，在上次我們走過的路上，應該還會有新生長的藥草可以採。」

呂羅衣的神色變得開朗柔和，她笑道：「謝謝妳，阿蘭，自從上次千岐山之行後，我便知道妳總是對的！」說罷，抱了抱蘭亭亭。

送別了呂羅衣，蘭亭亭對京城的掛念又少了許多，便回到房間整理自己的行李，盤算著之後將東街宅子中的東西也都收拾收拾，一同帶去泉州。

此時屋外又傳來了喚她名字的聲音，蘭亭亭內心感嘆怎麼平日裡沒人來找她，今日倒是湊堆來了，一出門卻見是個身著華服的大太監，忍不住欣喜的笑了起來。

她上前寒暄了幾句，便低身行禮，等著彭公公宣布讓她去泉州的詔令，卻未想到，從他口中說出的，是「賜婚」二字！

蘭亭亭猛地抬起了頭，在一旁人的譁然聲中反覆回想著方才聽到的話語。

「翰林學士承旨成雲開，才貌俱佳，忠正嚴明；待詔阿蘭，品貌出眾，秀外慧中。天作良緣，今日賜婚，擇良辰完婚。欽此。」

成雲開，和她，完婚?!

正月十五，天降大雪。

百姓們在一片瑞雪兆豐年的歡呼聲中爭相到東街翰林學士承旨成雲開的府前湊熱鬧，今日便是這宮中第一位翰林女官的大喜之日。

二人同在翰林院履職的故事被京城中靠寫話本為生的說書人們編成了諸多版本，在京城的大街小巷流傳著他們二人的美滿情緣。

眾人圍在成府的門口，都想看看這位才貌雙全的成大人將會迎娶到一位怎樣的新娘。

成雲開站在成府的門口，臉上帶著他標誌性的笑容，在與身旁來道賀的朝中大臣拜禮寒暄，神采飛揚，卓爾不凡。

不久，遠處傳來了熱熱鬧鬧的鑼鼓聲，伴隨著又一波百姓的歡呼聲，八抬大轎緩緩的朝成府走來。

蘭亭亭坐在轎子裡，手中握著臨走時嬤嬤給的蘋果。她掀起了簾子朝外面看了看，透過半透的紗織蓋頭，看到了百姓們臉上或新奇、或開心的笑容，覺得自己此刻身為這故事的女主，倒是有些格格不入了。

她放下簾子，摸了摸胸口，一把短小而堅硬的匕首正藏在這裡。

對於皇上賜婚一事，蘭亭亭雖然未曾料想到，但是轉而也能理解，太后要讓她留在成雲開的身邊，為她獲取更為隱秘的情報，自然需要給她一個更加合理的能夠跟隨在成雲開身旁的身分。

她唯獨不能理解的是，成雲開這樣獨來獨往的人，為何會如此欣然的接受這樣的安排？

她可以嫁給他，畢竟對她而言，在這個世界，嫁給任何人都沒有太大區別，何況成雲開儀表堂堂、風流倜儻，又是朝中重臣，凡是大燕待字閨中的姑娘們，即便沒見過他，卻也不得不承認他是最佳婚配對象。

但蘭亭亭又不想真的嫁給他，她連成雲開的想法都摸不清楚，又如何與他組成一個家庭？

對她而言，家是休息的地方，她並不希望將朝堂中的爾虞我詐、你死我活帶到自己本該平靜的生活中。所以，她握緊了匕首，如果她不想，沒有人可以強迫她。

做好了萬全的準備，蘭亭亭轉而又想，或許成雲開也不想完成這場婚宴，這一切只不過是對太后的緩兵之計，她還可以與他談判，讓他放自己去泉州，她甚至都想好了理由。

嫁到成府後，回家省親，這是再合理不過的要求了，別說成雲開，連太后都無法反駁。

轎子停了下來，耳畔雜亂的聲音越來越小，很快的，媒人婆為她掀起轎簾，蘭亭亭向前俯了下身，伸腳落在地上，在一旁丫鬟的攙扶下，走出了轎子。

成雲開在她前面不遠處，她走向了他。

隔著紗，蘭亭亭的五官變得更加立體，她畫上了旁人從未見過的濃妝，眉心點著硃砂，紅唇微微抿起，雙眸在朱紅的映襯下格外明豔。

成雲開已見過這張面孔許多年，在上一世時阿蘭便在照顧他的起居，但偏偏直到今日，他才發現她竟還有這樣的魅力，與過去的冷漠不同，她此刻的神情平靜而堅定，帶著平日罕見的姿態，朝著他走來。

她這副面具之下真正的樣貌，此刻又是什麼樣的呢？

成雲開想著，握緊了她的手。她的手心熾熱，像一團火焰，灼燒著他冰冷的指尖。

在司儀喜慶的拜禮聲中，蘭亭亭跟著身旁嬤嬤的示意，完成了與成雲開的三拜九叩。

她隔著紅紗，看到了成雲開的眼睛，深邃而明亮，像深海上的明月。

坐在她高堂位置的自然不是阿蘭的父母，他們遠在千里之外，並不知道自己的女兒要嫁人的消息，蘭亭亭在此之前阻止了要通知他們的小廝。

這裡坐著的，是羅遠山，哪怕隔著紅紗，蘭亭亭也看到他紅了眼眶，時不時地點著頭。

真是個感性的老頭。蘭亭亭心中笑他，卻也覺得能在來到這個世界後遇到他也很幸運。

方才她是從太醫院被接到成府的，前一晚羅遠山來看她時，還不時一聲聲的嘆著氣，搞得蘭亭亭竟然還要騰出時間安慰他。送走羅遠山後，她才忽然意識到，他所哀嘆的可能不是她，而是他自己的過去。

而現在或許也是如此。蘭亭亭對他露出笑容，她豔麗的紅唇哪怕在蓋頭下也十分奪目。

「禮成！」

席間的歡笑聲中，蘭亭亭被引著路走向今晚的洞房。

新郎被留了下來，蘭亭亭聽見他在耳畔說道：「辛苦了。」此時方覺自己的脖頸被這滿頭的金飾壓得僵直，腳趾也因這紅鞋而有些磨破，她彷彿洩了氣，走起路來也不似在人前那樣端莊。

成雲開作為新郎自然是得去堂前與來客把酒寒暄，天色漸漸昏暗下來。蘭亭亭在新房坐了許久，覺得疲憊，便摘了蓋頭，卸下了滿頭的金飾，躺在床上看著天花板。

直到這一刻，她才緩過神來，意識到自己當真已經嫁給了成雲開。

月亮爬上枝頭，喜鵲吱吱的叫了幾聲，嘻鬧著從這家屋簷飛到了那家高牆。

成雲開有些貪杯，他在前堂一眾朝廷大臣的恭維聲中離開，回到了安靜得令人心慌的後院，耳畔彷彿還有那些曾經對他落井下石之人的拍馬屁道賀聲，他冷笑了一聲，胸膛熱血翻湧。

報了仇，殺了人，他以為自己能卸下枷鎖，獲得快樂，但是為什麼哪怕是在此刻，他也只能感受到惆悵和孤獨？

他甚至不敢去想方才外面的人在說些什麼，他覺得噁心，有一股氣向上頂著，心中憋悶得厲害。

他回到臥房時，竟然沒有看到他的新娘。

成雲開腳步踉蹌的坐到了床邊，想躺下休息，卻看到有人已經鳩占鵲巢，占據了整個床鋪。

他看向桌子，上面的酒杯東倒西歪，蘭亭亭的臉上浮著兩團紅暈，顯然也喝過了酒，他伸手撫向她的臉。

她似乎睡得很香，時不時的嘟著嘴喘氣，成雲開呵呵一笑，手伸到了她的耳下，用手指撚了半天，想將她的人皮面具撕下。

蘭亭亭睡夢中覺得有貓在自己的下巴上來回踱步，癢得難以忍受，她抬手胡亂地將牠拍開，卻發現這貓不只胖得可以，竟然身上還沒有毛！

她一驚，連忙睜開眼睛，卻見一張俊俏的臉離她只有一拳的距離，正貼在她的臉側，瞇著眼睛不知道在找些什麼。

他似乎有些著急的喘著氣，呼出的熱氣拂過耳朵，她有些難受的聳了下肩膀，又聽見那人兀自嘟囔道：「在哪裡，怎麼撕不開呢……」

那語氣好像幼兒園的小朋友撕不開棒棒糖的外衣，她忍不住笑道：「在找什麼呢？」

「這裡應該有個口子的，為什麼找不到……」成雲開朦朧著雙眼，指著蘭亭亭的脖頸道。他找累了，已然將半個身子的重量都壓在蘭亭亭的身上。

蘭亭亭被這熱氣吹得有些煩悶，她將他推開，解著衣服的釦子道：「傻呀，釦子不就在這裡嗎？」

「不對，不是這個。」成雲開搖了搖頭，眼神對上了焦，蘭亭亭的紅妝此時顯得清冷又柔和，交織的情緒在他的心中翻湧，許是酒喝得多了，他此刻有些口渴，忍不住舔了下嘴唇。

蘭亭亭揉了揉眼睛，也看清了他的臉，甚至看得清他眼中的自己。

好美啊，蘭亭亭自戀的想著，忍不住呵呵的傻笑，拉過成雲開的領子，湊上去聞了聞他的氣味，笑道：「這是什麼酒，好香啊……」

成雲開怔了怔，這才回過神來，他抬了抬身子，舔了下唇道：「女、女兒紅。」

蘭亭亭有些不滿他離得遠了，拉過來又嗅了嗅，笑道：「我想嚐嚐。」說罷，挺起了身子貼了上去。

成雲開在她的循循善誘下，攬住了她的肩，將她的身體托起。

嚐過了滋味，蘭亭亭又格格地笑了起來，她抬手摸著成雲開的眉骨、挺直的鼻梁、豐盈的唇珠，她笑得很美。成雲開從未見過這樣的她，看得有些怔了。

蘭亭亭的雙眸似乎被蒙上了一層淚膜，變得格外朦朧。

「妳知道我是誰嗎？」成雲開忽然問道。

蘭亭亭的手從他的下巴滑到了喉結，感受著他說話時的顫動。

「成雲開，這不是你想要的嗎？」她又笑了起來，可眼底卻是他看不懂的落寞。

「不然，你是想要羞辱我嗎？」

成雲開被她這樣看著忽然驚醒，他連忙起身，鬆開了抱緊她的雙手，迅速遠離床邊，卻在向後退的時候絆到了椅子，撞到了一旁的木桌，上面的酒壺轉了幾圈摔落在地，酒灑了一地。

他看著蘭亭亭半解衣衫對他笑的模樣，忽然覺得心痛，他說不清是因為自己的失態而心痛，還是因為她以這樣的姿態來對待他而心痛。

他扭過頭去咳了一聲才道：「對不起，我從來沒有想傷害妳，我只是怕妳離開，怕妳出賣我。」說完，他沒等蘭亭亭做何反應，跌跌撞撞地跑出去，還不忘將房門帶上。

外面的寒風吹進了幾許，蘭亭亭臉上的紅暈隨著她的笑意褪去，她又躺了下去，深吸了一口氣，緩緩的吐出。

她不知道自己現在是何心情，但她知道，哪怕明日她便動身去泉州，也不會有人攔住她了。

蘭亭亭很清楚，成雲開嘴上說得狠，對她卻不會當真下手，他並不想真的因此而毀掉他們兩個人的關係。

否則如今她已經嫁到成府，他若有心將她囚禁在府中，她根本不可能有機會離開。

蘭亭亭承諾過不會出賣他，他卻並不相信，雖然不信，但他內心其實又渴望自己相信她的承諾。而摸清了這一點，蘭亭亭就有足夠的底氣，在他酩酊大醉的第二日，悄悄溜出府，動身前往泉州。

前一晚的隱晦、尷尬，都需要他們彼此用更長的時間來消化，一旦捅破了窗戶紙，他們的關係恐怕就會產生奇妙的變化。

蘭亭亭並不想深究，那是一件更加麻煩的事情，此刻，她需要解決的是眼前的麻煩。

離開京城並不難，雖然一路有人尾隨，但是蘭亭亭並不介意，白給的保鏢也不是什麼壞事。但到了泉州，事情卻並不像她來之前想的那樣簡單。

走在泉州最繁華的主街上，蘭亭亭最先注意到的不是當地的銀飾或小吃，而是酒樓前圍著的一眾百姓。本著吃瓜湊熱鬧不能落下的原則，蘭亭亭擠開重重圍擋，成功擠入了圍觀群眾內部。

「這是在做什麼？」

蘭亭亭環顧四周，卻沒看到要雜耍的人，便跟身旁的大嬸打聽。

「噓！」

那大嬸比著手指讓她噤口，指了指從酒樓中走出來的說書人。那人一身潔白的長衫，手拿羽扇，坐在了最當中的長桌前。

「不就是個說書的嗎？」蘭亭亭低聲問道。

那人一拍驚堂木，便開始說道，這段開場詞蘭亭亭也不是沒有在京城聽過，若是京城的說書人見到如此景象，想必得八百里加急的來此擺攤。

大嬸驚訝的看著她，見到她揹著的行李，這才恍然大悟的點了點頭。

「原來是外地來的啊，怪不得不知道。」她揚了揚下巴，頗為自豪道：「這可不是一般的說書的，徐先生那是真的先知！」

先知？

蘭亭亭好奇地揚眉，她一個真正的先知都未曾打著這個名號招搖撞騙，此人難不成還能比她預知得更多？

蘭亭亭撇了撇嘴問道：「他預知過什麼？」

「前一陣子攝政王倒臺，聽說了沒有？」大嬸附在她耳畔道。

蘭亭亭倒是沒想到，一個遠在邊城、在家務農的大嬸竟然也會關心大燕的攝政王有沒有倒臺，她點了點頭，肯定了下她的說法。

那大嬸又道：「徐先生一個月前就講過這事，當時還被李大人給關起來過，差點就要送到京城提審了，這不，一下子攝政王倒臺了，真真是打臉那李大人的臉喲！」

「李大人又是哪位？」

大嬸頗為嫌棄的看著蘭亭亭道：「小姑娘得多聽書啊，怎麼連這都不知道，自然是泉州知府李平德啊！」

李平德……這個名字不知道哪裡熟，蘭亭亭總覺得見過，還沒想起什麼，便被那大嬸扯了扯袖子。「妳聽，徐先生又在預言了。」

蘭亭亭側耳聽到，那說書的道：「朝野將傾，大戰將至。」

周圍一陣譁然，蘭亭亭的耳畔被大嬸尖細的嗓音充斥著，腦袋被吵得嗡嗡的，忽然一旁又傳來一陣有節奏的腳步聲，在衙役們的招呼聲下，這位徐先知又被抓走了。他倒是一副從容不迫的模樣，卻連累圍觀的百姓也被抓走了幾個，這其中就有頗為倒楣的蘭亭亭。

許是揹著行李，衙役見她一個外地人，倒也沒有過多為難她，在府衙做過口供便要放她離開。

可蘭亭亭既然來了，就沒那麼容易離開，她拉過了衙役的胳膊，對他笑道：「大人，小女子想拜見一下知府大人，不知可否引薦？」

那衙役蹙著眉正打算拒絕，蘭亭亭又道：「聽說知府大人膝下只有一女，如今還不在身邊，知府大人可能想知道一些消息……」

那衙役有些驚訝，讓她在原地等著。

沒多久，李平德穿著官服、戴著烏紗帽走了出來，見四處閒逛的蘭亭亭問道：「姑娘與小女相識？」

蘭亭亭笑了笑，對他行禮道：「在下翰林院阿蘭，在太醫院時，曾與令嫒輕竹互為同僚。」

李平德見蘭亭亭年紀輕輕的，本有幾分不信，但聽她提到自家女兒，又想起的確不久前翰林院曾有過一位來自泉州的女官，於是回禮道：「不知阿蘭大人找到下官所為何事？」

蘭亭亭笑道：「李大人不必客氣，阿蘭是想向大人請教關於這位民間的徐先知是何來歷？如此妖言惑眾，為何還要將他放走？」

李平德聽罷，嘆道：「下官也不想，但此人的確有些來頭，在泉州商會有諸多人為他撐腰，再加上百姓將他奉為先知，我若不放人，一是沒有律例能將他長久扣押，二是百姓會鬧事。現在也只能先關他一個月再說。」

泉州與南方不同，因其交通方便，與外地往來人口頗多，經商之人便相繼湧入，當地商會在百姓之中的影響力不亞於官府。

蘭亭亭沒想到此人居然還有商會的背景，她更想同他談一談了。

在蘭亭亭提出這個想法之後，李平德搖了搖頭道：「他不會開口的，各種方式都試過了。阿蘭大人若不信，也可以自己試試。」

正如李平德所言，這位徐先知入了牢房就開始閉目養神，一言不發，任蘭亭亭軟磨硬泡，問候了他們家祖宗十八代，都坦然處之，唯獨在她提及泉州商會之時，微微抬了下眉毛。

想來，也只能先從這商會入手了。

見蘭亭亭要離開，李平德為她叫來了馬車，在送她上車前，忍不住問道：「阿蘭大人，有個私事想同您打聽。」

蘭亭亭一拍腦門立馬回道：「差點忘了，輕竹在太醫院過得很好，可能比起在泉州當大小姐，在太醫院研習草藥更能讓她開心，不必為她擔心了。」

李平德心情複雜的笑了笑，送別了已與他半年沒有書信往來的獨女的同僚。

泉州商會的大門敞開著，蘭亭亭卻沒立馬進去，而是先在外面一處最不起眼的店裡購置了一身新裝，將盤好的髮髻拆開，換了一種盤法，走出店裡時，儼然一副陳國商人的模樣。

接待她的是一個衣著華貴的男人，他顯然有著十足的經驗，一看蘭亭亭傲慢的模樣便看出來她此行的目的並不簡單，恭敬的引她進入了後院。

不久後，進來了另一個男人，自我介紹道：「我是泉州商會的會長，聽聞夫人來泉州是打算採購燕國的特產，不知夫人可曾有所瞭解，又對哪一類特產更感興趣呢？」

蘭亭亭莞爾一笑道：「市面上常見的我都已經採購了一些，此行是想找些不尋常的東西，商會裡想必還是有這等物件的吧，可否帶我去參觀參觀？」

會長微微一愣，沒想到她提出這樣的要求，連忙笑道：「的確，我們庫房是有過去從各地蒐集來的成千上百樣商品，但這畢竟在商會內部，夫人暫時還不便前去察看，不如由在下先為您介紹一二？」

蘭亭亭一甩袖子變了臉。「那便算了，你陳國也並非只有泉州這一處商會，我瞧那幾十里外的禹州商會做得更為聲勢浩大，你們如此畏首畏尾，想必也沒什麼拿得出手的物件。」說罷，轉身便要離開。

會長連忙繞到了她的面前，恭維道：「夫人莫急，不知準備在泉州待上幾日？明日，明日我們便安排您到庫房察看。」

「今日為何不可？」

會長賠笑道：「我們這庫房並不在商會當中，想來夫人也是做大生意的，應知倉庫都位於城外交通樞紐之地，我們的庫房也不外如此。這幾日城外有攝政王餘黨殘留，出入不安全，請夫人少安勿躁，今日可先在商會住下，明日一早我便安排內侍車馬隨行，以確保夫人安危。」

「攝政王餘黨？」蘭亭亭見終於說到了重點，佯裝出一副不懂的模樣。

會長擺了擺手道：「不過一群上不了檯面的蟲豸，不足為懼，藉著前攝政王的名號在山林裡落草為寇罷了。」

想必李平德奏摺之中所說的便是這些人了。一群草寇竟然能讓李平德毫無辦法，她忽然有些後悔來商會調查那個說書人一事了，她只得在心中許願，千萬不要碰到那群草寇。

可惜天不從人願。

隔日，面對著將他們的馬車層層圍住的所謂熙王餘黨，商會的內侍雖然都手持長刀，但從人數上便落了下風。

蘭亭亭感受到馬車外劍拔弩張的氛圍，覺得再不站出來，等他們兵刃相見時，那就真的連出來說句話的機會都沒有了。

蘭亭亭對著對面為首的草寇大聲道：「聽聞你是熙王的舊部？」

那人上前了兩步打量著她，認出了她的著裝。

「不錯。妳一個陳國人，還知道這個？」

蘭亭亭笑道：「那是自然，王爺也來過陳國，我便曾受過他的資助，在泉州我也有些本金，若是此番能放我們離開，我定派人給諸位一個滿意的說法。」

那人蹙眉看著她，又同一旁的小兵掩面交談了幾句，對蘭亭亭道：「妳過來，其他人把兵器、錢財留下，可以離開。」

什麼？蘭亭亭十分意外，本以為對方會乾脆地將所有人放行，沒想到竟獨獨留下她，看著身邊乾脆俐落的放下武器的內侍們，她欲哭無淚。

第十六章

許是真的信了蘭亭亭的說詞，這群打著熙王的名號在泉州活動的流寇雖然將她抓走，倒是對她十分恭敬。

他們的據點在哀望山西南角的一個寨子中，蘭亭亭見到那熟悉的柵欄，忍不住回想起跟成雲開在臨即的經歷。

她暗暗給自己打氣，不就是山匪嗎，她又不是沒見過。

她本想先忽悠忽悠這群人中的匪頭，卻沒想到路上畢恭畢敬的這群人進了寨子便將她蒙上了眼睛，五花大綁的安排在後院的小黑屋裡。

到底還是一群莽人，她聽著外面幾個小兵交頭接耳著，大抵是在打賭她的身價。

蘭亭亭仔細聽著，發現他們的聲音漸行漸遠，那邊應是主營的位置，而相反的方向就應該是她逃跑的路線了。

自從在臨即那次不愉快的被綁票經歷過後，蘭亭亭便留了個心眼，出門前在鞋子裡藏了把匕首，也就是秦豐送給她的那柄，曾經插入過成雲開的肩膀，但此刻，卻能救她的性命。

蘭亭亭等到天黑之後，用嘴叼出了匕首，劃開繩子，從後牆上透光的柵欄處鑽了出去，幸好這屋子後面是存糧的地方，她從牆頭跳下去，落在糧袋上的聲音被主營的歡慶聲所隱去。

她本想轉身便走，忽然看到不遠處走來兩個人，她連忙躲在糧袋後，隱在一片陰影當中。

「你們抓了陳國人？」

這聲音有些粗獷，不像是當地的口音；而回答他的那人，說的卻是帶了點泉州腔的方言。

「放心，好吃好喝伺候著，不會傷害她，我們只要錢。」

「當初可不是這麼說的！」那人又道：「難道你要毀約？」

「今時不同往日，熙王在京城發難，你們陳國說好在邊境出兵，為何文風不動？若是說到毀約，也是你們先毀的約。」

「原訂出兵日是何時？他起兵又是何時？臨開戰的前一天晚上才通知，太子根本來不及調兵。」那人回過神來，怒道：「先把你們抓的陳國人給放了！」

「別緊張，那位興許不是陳國人。」

聲音離蘭亭亭越來越近，她準備跑路，卻又忍不住想再聽幾句。

泉州人果然又道：「一個家財萬貫的女人來了燕國，你們會一點不知？我可以帶你去見她，但你若見了，便要替她給我錢。」

那人似乎有所猶豫。「你們就這麼迫不及待？」

「沒有錢，王爺便沒法做下一步的動作，你要明白，百足之蟲死而不僵，只要時機成熟，王爺隨時可以一呼百應。而你們，也的確需要他的助力。」

二人正說著，忽然另一邊有人喊道那女人跑了，蘭亭亭一聽事態不妙，連忙偷偷從後面的糧袋中爬出來，向山上茂密的叢林跑去。

眼前萬物漆黑，只有月光灑下的些許光亮，她拚命的跑著，身後突然變得熱鬧了起來，有人拿著火把，照亮了她身後的路，她不敢回頭，又聽到了耳畔嗖嗖的聲音，幾支利箭劃破她耳畔的空氣，射入了她繞過的一棵棵枯樹。

她費力的喘著粗氣，山路越來越難走，她沒想到會遇上這種事，身上衣物不足，此刻早已凍得手腳通紅，腿上又熱又脹，彷彿只會僵硬的邁著步子。

追兵越來越近，恐懼從她的心底蔓延開來，她彷彿洩了氣一般，越走越慢，直到聽到了身後的一聲怒吼，那劃破長空的聲音飛快的向她奔襲而來。

她忽然停了下來，抬頭看了看天上的月亮，像她來時一樣的美好、皎潔。死亡會是什麼感受呢？萬箭穿心之時，她還能感受到每一次的痛苦嗎？

蘭亭亭的思緒忽然變得飛快，快到身後的利箭都慢了下來。

但幾秒過後，她卻並沒有死！

她又睜開了眼睛，時間又飛速的運轉起來，她被人攔腰一把拉走，彷彿騰空一般，轉了個圈落在一棵老樹後。

轉圈時，在火把的映襯下，她看清了來救她的援軍，只有兩個人，卻身手矯健，她甚至來不及看清他們的動作，便聽見利箭落地的聲音。

而攬著她躲開那些利箭的人，正是在她眼前，此刻還有心思衝她笑的成雲開。

成雲開理了理她雜亂的髮髻，在她耳畔輕聲道：「夫人，妳束髮的樣子真美。」

蘭亭亭看著他旁若無人彷彿深情的目光，狠狠一腳踩在他的鞋上。「快跑吧，情聖！」說罷，拉著他回身便跑。

就算來救他們的人是江湖上一等一的高手，但他們也禁不住對方的人海戰術和源源不斷的武器供給。

速戰速決是他們的目標，成雲開自然也明白這一點，他跟著蘭亭亭的腳步向山上跑著，身後的兩個手下為其斷後。

蘭亭亭不知道自己跑了多久，可能只有幾分鐘也可能已經半個小時，她累得呼哧帶喘，卻一點也不敢停歇，身後的聲音越來越小，他們終於爬到了半山腰上，有一片較為平整的淺坡。

蘭亭亭鬆開了手，撐著膝蓋喘著粗氣，卻見成雲開仍不急不緩的四處張望著，似乎在找下一條逃跑的路線。

她忍不住問道：「你何時這麼好的體力？」

成雲開也彎下了身，扶著一旁的樹笑道：「誰說我不累了，只是這裡還不太安全，這是個野山，應當會有獵戶，說不定已經和山下的寨子有了勾結，趁天黑我們得趕緊離開，越平穩的路，越危險。」

蘭亭亭俯著身，終於喘勻了氣，拍了拍膝蓋起身道：「那走吧！」

說罷，便朝山上走去。

她剛邁開腳，便聽到成雲開難得不顧形象的大喊了一聲。「小心！」

但她還未來得及反應，就向前踩空，失去重心地掉進了一個洞中。

掉下去前，她忍不住內心暗罵道，第二次了，怎麼又掉進了洞裡！

她感受到了成雲開拉住她的那隻手，卻不知為何他彷彿失去了力氣一般，也隨她掉了下來，第二次了，他又在關鍵時刻犯病！

好在這洞並不似他們在千岐山時的溶洞一般深不可測，掉到了坑底，蘭亭亭的意識卻仍然清醒。

她推開了成雲開抱著她的雙臂，坐起了身。

「這幾天下雪了嗎，這地怎麼是濕的？」

洞裡異常的昏暗，蘭亭亭見成雲開還沒有坐起身來，拍了拍他的胳膊，映著微弱的月光，她被自己拍過的地方嚇了一跳。

成雲開明黃色的衣服上有一個血手印。

蘭亭亭抬手一看，自己的手上、袖子上，沾上的並非是融化的雪，而是紅色的鮮血，她這時才看到成雲開的身下竟淌出了一片血水，不禁倒抽了一口氣。

「疼死了……」成雲開似乎終於恢復了意識，他眉頭緊蹙，勉強扶著一旁的洞壁坐了起來。「妳怎麼還胖了？」

「你剛才中箭了？」蘭亭亭輕輕的碰了碰他的肩，卻不敢用力。

「沒有啊。」成雲開側過頭，看了看自己左肩的位置，讓出了半個身子給蘭亭亭察看傷口。「巧了，正好劃到了舊傷，沒事，止了血就好，死不了。」

蘭亭亭胸口翻湧，被這話噎得難受，她揚起了嗓音怒罵道：「傻子！這裡哪兒有東西能止血，你怎麼不早說！」

她邊說，邊扯下衣角將他的肩膀死死的綁住。

成雲開痛得挺了挺身子，掩蓋呻吟地咳了兩聲，看著蘭亭亭急得發紅的雙眼，卻淺淺地笑了，聲音有些虛弱道：「妳再大點聲把獵人引來，咱倆就可以生同衾、死同穴了。」

蘭亭亭被他氣得夠嗆，但也沒有完全失去理智，這洞只有兩公尺左右的寬度、三公尺左右的高度，洞壁有鐵鍬鏟過的痕跡，顯然是人為挖出來的，應該是當地獵人的傑作。

她吸了吸鼻子，抹了下眼睛，低聲道：「滾。」

「別哭，不會讓妳當寡婦的。」成雲開抬手想要摸摸她的臉，卻發現自己手染鮮血，於是抬起的手又放下了。

蘭亭亭握住了他的手。「你可別騙我。」

成雲開笑道：「放心吧，沒事的，他們兩人都跟隨我多年，對泉州境地非常熟悉，擺脫了那群山匪，很快就能找到這裡。」

他的話讓蘭亭亭十分受用，她點了點頭，又忽然想到什麼，開口問道：「你怎麼會來泉州，又如何知道我在這兒？」

「來得很是時候吧？」成雲開反問。「這回可是真的英雄救美了，早知道這英雄如此難當，我應該在旁邊看戲就好了。」

蘭亭亭翻了個白眼，哼了一聲。「嘴硬！」

她抽了抽鼻子，看著成雲開強撐起精神看著她的模樣，心中一抽，語氣也軟了下來。「怎麼就總能讓自己受傷。」

成雲開輕輕笑道：「有美人在側，不怪我分神。」說罷，動了動喉結，頭倚在洞壁上閉上了眼。

蘭亭亭握緊了他的手，因為失血，他的指尖冰涼，她輕輕喚著他的名字，怕他昏睡過去。「成雲開，我們聊聊吧。」

洞中忽然傳來外面野獸的叫聲，聲音的來處很遠，但卻籠罩在蘭亭亭的心頭，野獸嗜血，倘若他們真的被發現怎麼辦，她不敢去想會發生什麼事。

她嘆了口氣，靠在了成雲開的肩頭。「反正已經這樣了，你還有什麼不能跟我說的嗎？」

成雲開也嘆了口氣，他緩緩睜開了眼，側過頭，下巴在蘭亭亭的額角蹭了蹭。「妳想聽什麼？」

「你！」蘭亭亭頓了頓，問道：「你為什麼會知道秦苒的秘密，為什麼能提前讓丁蘭香研製瘟疫的專用藥，為什麼你會猜到我不是阿蘭，為什麼陳國的開戰之期，你會告訴皇上是二月十八？」

成雲開輕輕地笑了。「因為我經歷過。」

重生之後，他太孤單了，甚至比上一世還要孤獨，他能看到每個人命運的結點，能知道他們的結局，但卻什麼也不能說，直到他遇到了她。「妳到底是誰？現在可以告訴我了嗎？」

蘭亭亭笑了出來，她早就猜到了，但是又不敢相信，她想從他的口中聽到，彷彿他說出來，她便有了相信的理由。

「說出來你可能不會相信。」她揚起了頭，看著浩瀚星空的一角。「我當然不是阿蘭，但你猜錯了，我沒有什麼人皮面具。」她說著，拉起了成雲開的手，在自己的下頷線上摸了一圈。

成雲開抗拒地想抽出手來，卻沒什麼力氣，自然拗不過她，她兀自的說著。「這是阿蘭的身體，我來自另一個世界。」

蘭亭亭停了下來，沒有繼續說，而是等著成雲開兀自消化。過了好久，她怕他昏過去，忍不住抬起了頭，卻發現他正睜著眼睛，那是充滿了新奇和激動的神情，他扯了扯嘴角，笑了起來。

「在妳的世界，能看到這裡嗎？」

他問到了重點，這是蘭亭亭過去一直不敢去細想的地方。她在的世界，是能夠居高臨下的看著他的，能夠看到他生命的延展，看到他的未來。但蘭亭亭並不想這樣告訴他，她只道：「嗯，我聽過一些，這裡曾經或者將要發生的故事。」

「是我的上一世嗎？」成雲開的眼睫毛顫了顫。「妳何時來到這裡的？」

蘭亭亭點了點頭，她回想道：「阿蘭來太醫院考試的那一天，我醒來就在這裡了。」

成雲開沈默了許久，開口卻是問道：「妳知道上一世我做過些什麼嗎？」

蘭亭亭低下了頭，靠在成雲開的肩頭。「滴水之恩，湧泉相報，你只是被騙了。」

成雲開忽然大笑了起來，他沒什麼力氣，笑得直喘。蘭亭亭感受到頭頂有些涼涼的，她摩挲著他的手，想要讓他暖和一些。

「我一開始很怕你，想要離開。」蘭亭亭接著說道：「後來，想必是我怕你怕得太過明顯，自以為聰明的想離你遠點，卻反而被你發現了。但這也不能怪我蠢，誰能猜到你竟然是重生來的呢？」

蘭亭亭說著說著自己樂了起來。

「既然被迫到了你的身邊，我就想著我得變得更強大一點，得在你倒臺了之後能自保，但你居然拿阿蘭的父母威脅我。」

成雲開閉上了眼睛，他沒什麼力氣，卻在聽到她這樣說時輕笑了一聲。

蘭亭亭輕輕拍了下他的手。「我那時候不知道，現在我知道了，原來你還派人來保護他們。可能是在那之後，我發覺不管主動、被動，我都已被你拉上了賊船，不得不跟你在同一根繩上。」

「那妳後悔了嗎？」

蘭亭亭搖了搖頭。

「後悔有什麼用，我反應過來的時候，全天下的人都知道我是站在你這一邊的了。

我就開始寄望於你和我知道的你不一樣，不會做出驚天動地的事來。我當時好傻，還以為足夠瞭解你了，結果，還沒從你們家離開，你幹的大事就已經傳得天下皆知。」

成雲開笑了一聲。「不是妳傻，是我太傻了，我還以為把熙王搞垮就是我想要的全部，我上一世見過了他的手段，搞垮他很容易。但是當我看著他被流放的時候，我卻感受不到一絲的解脫。」

他難得一口氣說了這麼多話，蘭亭亭只是聽著，她知道他還沒有說完。

「我其實沒有騙妳，之前跟妳說的，我爹娘就是那樣離開我的。」

他似乎陷入了無盡的黑暗，回憶像潮水般湧入了他的腦海。

「妳說得對，我不敢回家，我害怕看到他們。我總覺得這一世是假的，我可能再醒來，還是之前的樣子，我失去了一切，像一條狗……」

「別說了！」

蘭亭亭心驚地坐了起來。

成雲開雖然閉著眼睛，但臉上已滿是淚痕，不知是哭的還是凍的，他的身體時不時的抽搐，肩膀上的「繃帶」已然被鮮血染紅，他的唇色已經淡到看不出顏色。

蘭亭亭一邊抱緊他，一邊告誡自己要冷靜，她掀開了他的外衫，想再重新處理一下傷口。

成雲開此刻已經痛暈了過去，她看著那猙獰的、還在滲血的傷口，重新扯下布條。沒有藥，單純的擠壓止血並不十分有效，她站起身來環顧洞壁，忽然在臨近洞口的地方看到了白芨，那是能止血的草藥！

蘭亭亭恨不得飛上天去，跳了幾下，卻怎麼也搆不到，她試了試距離，靠左右支撐，或許能向上爬幾步，但洞壁的泥土並不結實，她將成雲開半推半抱的靠在了另一側，罩上了衣服，以防掉下來的泥土感染傷口。

本著一鼓作氣的信念，蘭亭亭一邊扣著洞壁的泥土，一邊用雙腿撐著向上挪，她的指尖被砂礫劃破，卻渾然不覺，臨近那藥草時，她拚盡全力跳了一下，終於將它取了下來，身體也向前滑落，又摔回了洞中。

「好痛……」蘭亭亭喃喃著，比她方才掉下洞時痛得多。

成雲開原來就是這樣一聲不吭地抱著她跌下來的嗎？他為什麼會這麼能忍痛，她的心又抽痛了一下。

她抬手撫平了他緊皺的眉頭，將藥草嚼碎敷在傷口上，忙完這一通的蘭亭亭也幾近虛脫地倒在成雲開的身旁。

她衣物單薄，洞底冷得厲害，恍惚中，聽見了有人在洞外呼喊，卻再睜不開眼睛，分辨來者究竟是敵是友。

昏過去的前一秒，蘭亭亭腦海中晃過成雲開的那句「生同衾、死同穴」，竟覺得也沒什麼不好。

再醒來時，蘭亭亭發現自己躺在床鋪上，被褥有些老舊，但卻乾淨溫暖，她嗅了嗅，還有淡淡的皂香。

這房間不大，陽光照射進來，帶來一陣暖意，她坐起身，環顧四周，是一個古樸的屋子，像是當地人住的地方。

牆壁上掛著耕地時戴的草帽，蘭亭亭稍稍鬆了一口氣，這應當不是獵戶的住處，他們許是被當地人救了。

她掀開被褥，發現自己受傷的食指已被包紮得很好，身上的衣服也換成了乾淨的單衣，幸而裡衣仍是她來時的那件，她在床邊找了一遍，卻沒發現她的匕首。

蘭亭亭帶著些許警戒，披上了一旁的外衫，伏低身子，悄悄的走到了緊閉的窗前，微微抬起了頭察看，屋外是一個不大的院子，當中有一棵老樹，靜悄悄的。

正想溜出去察看情況的蘭亭亭忽然眼前一亮，大門向外打開，一個人影擋在了她的身前。

而她正蹲在地上，迎著陽光，瞇著眼睛試圖分辨清楚來者何人。

「妳怎麼坐地上了？」

婦人的聲音流露出了深深的擔憂。

「快起來坐好。」說著將她扶起了身，用腳勾來了椅子，讓她坐下。

婦人小心地捧著她的手指，見她沒有再傷到，放下心道：「臭丫頭，妳被人送來的時候滿臉是血，可把我嚇得夠嗆。」

蘭亭亭怔怔地看著她，她的五官靈動，眼角布滿了笑紋，嘴唇很薄，不笑的時候微微向下撇著，她忽然覺得這張臉分外熟悉。

婦人見她沒有回應，又嘆了口氣。

「我知道妳不容易，有想做的事，我幫不了妳什麼，但是妳也不能如此不顧身體，人家大夫來看，說妳是積勞成疾才昏睡了好幾天，幸虧沒什麼大事，不然可要嚇死我了！」

蘭亭亭聽著她絮絮叨叨的唸著，不覺得煩，反而心底像是被一汪深潭湧入，這種情緒占滿了她體內的每一個角落，甚至仍不夠它舒展，又從眼睛中漫了出來。

「妳、妳哭啥啊！」婦人連忙以袖子抹了抹她的臉，眼眶也不自覺濕潤起來。「妳這孩子就是什麼事都悶在心裡頭，啥話也不同我說，不說我哪裡猜得到妳想要什麼……」

「娘。」

蘭亭亭看著她，輕輕的開口，一個短小的音階，卻被她說得發了顫。

婦人抿了抿嘴，眼淚也幾乎要奪眶而出，她應著，又摸了摸蘭亭亭的臉。「回家了，沒事了！」

她攬過了蘭亭亭的肩膀，站起身來抱著她。蘭亭亭靠在她的懷裡，感受到了多少年未有過的溫暖，心中五味雜陳，她哭得停不下來，彷彿要將心中所有的情緒都抒發出來。

屋外，成雲開站在樹下聽著她放肆的哭聲，抿唇笑了笑，抬頭看了看正當空的紅日，又回了自己休息的房間。

蘭亭亭這一哭，便哭了半個時辰，哭到最後人都有些發懵，卻仍在抽著鼻子。

婦人在旁邊忍不住笑了起來。

「妳都多久沒有跟我這麼親密了，真好，像是回到了妳小的時候。那時候妳多活潑開朗啊，什麼事都喜歡跟我說。」

她見蘭亭亭發懵的模樣，站起身來拍了拍她的背。「好孩子，再睡會兒吧。」

蘭亭亭像個任人擺布的木偶，聽話的躺回了床上，見婦人起身，她連忙拉住了她的手，小心翼翼道：「可以等一會兒再走嗎？」

婦人輕輕拍了拍她的手，笑道：「我是去給妳拿水喝。」

喝過了水，她輕輕的閉上了眼，側過身子朝著牆，感受著阿蘭的母親在她背後的輕拍，眼淚又默默地流了出來。

她又作了一個夢，像是回到了小時候，她已經許久未曾睡過這樣的安穩覺了，一覺便睡到了天黑。

蘭亭亭恍惚的睜開了眼睛，看著並不熟悉的屋頂，猛地起了床。

她仔細回想著白天自己的一系列舉動，負罪感油然而生，那是阿蘭的母親，她這樣霸占著她的身體，享受著原本屬於她的寵愛和親情又算什麼？

她看了看飯桌上給她挾菜的阿蘭母親，笑得有些勉強，卻被後者理解為因下午的痛哭而尷尬的神情。

「別想了，快吃吧，菜都要涼了。」阿蘭母親笑著又給她挾了菜。「回家了就好好休息。」

飯桌上有六個人，除了阿蘭的父母和成雲開，還有兩個年輕人，長相普通，屬於扔在人群中也很難認出來的那種，但蘭亭亭卻一眼便看出了他們是誰。

在山上隨成雲開一同來救她的便是這兩個人，這是她的救命恩人。

阿蘭的母親向她介紹了這兩個陌生人的來歷，說是張朝貴刀鋪裡的學徒，在她不在的時候，經常幫襯著他們家的生意。

蘭亭亭看了眼成雲開老神在在的模樣，彷彿看到了他身後翹起來的狐狸尾巴，招搖得很。

「妳沒事去惹那些個山匪做甚？」一旁悶頭吃飯的張朝貴終於聽不下去她們母女二人的寒暄，直奔主題道。

蘭亭亭被噎了一下，咳了兩聲，接過成雲開遞來的水，正要開口，卻聽成雲開從容道：「皇上命我們二人來泉州調查山匪之事，原本我應當提前做好接應，卻沒承想路上耽擱了一日，這才讓阿蘭以身犯險，皆是我的錯，請伯父、伯母不要怪罪阿蘭。」

蘭亭亭一邊喝著水，一邊暗暗腹誹成雲開張口就來的本事，這一副正人君子的虔誠模樣，再加上比她傷重，任誰也不好意思再責怪他了。

張朝貴果然沒多說什麼，轉而對阿蘭的母親道：「去把咱家那隻老母雞給殺了，再燉個雞湯。」

阿蘭母親驚訝的回道：「你瘋了？這都什麼時辰了，哪有飯吃一半才殺雞的？早幹麼去了！」

在阿蘭母親的反駁聲中，蘭亭亭連忙勸架。

「明天，明天再吃也來得及，成雲開的傷還得養著呢，我們不會這麼快走的，對吧？」

說罷，她對成雲開使著眼色，後者從善如流地點了點頭。

阿蘭母親果然停了下來，側頭又給張朝貴使了使眼色，帶笑道：「這姑娘嫁人了就是不一樣，都會跟夫君使眼色了。」

剛說到一半，蘭亭亭猛地被飯粒嗆到，咳得滿臉通紅，她邊咳邊瞪著成雲開，她特意攔截了出嫁的消息，生怕阿蘭的父母知曉，他們此刻又如何會得知？

似是從她的神情中看懂了她的質問，成雲開一邊拍著她的背，一邊露出了真誠的笑容解釋。

「妳睡了三天，伯父、伯母問我是誰，我便如實相告了。想來是我的過錯，寄來泉州的信件不知怎的竟然沒有送達，拐走了二老的女兒，理應有所懲罰。」說罷，他舉起酒杯便一飲而盡。

見成雲開仍要再倒酒，蘭亭亭連忙將他的手按住。

「你傷那麼重，不要命了？」

阿蘭母親也連忙道：「哎，好孩子，不必這樣，有如此才貌雙全的姑爺，我們開心還來不及，過去阿蘭總是往鎮子裡跑，我們還生怕她跟學堂裡的先生有什麼往來，我們是小戶人家，攀不上那些個世家。」

無視成雲開臉色有些不好，她又道：「結果沒想到阿蘭爭氣，竟然自己也當了大官。有些話，她不方便說，我身為她的母親，得替她說。」

「妳怎麼話這麼多？」

張朝貴試圖打斷自己的媳婦，卻被她一巴掌拍了回去。

「我們家你也見過了，最值錢的就是外面那賣刀的鋪子，成雲開成大人，或許我們家高攀不上貴府，但阿蘭是個好孩子，既然她已經嫁給了你，有些事我便應當跟你說清楚。聽她的名字你也不難知道，其實阿蘭並不是我們二人的親生骨肉，她是我妹妹去世前留下的孩子。

「我們早就跟她說過，她的親生父親是外地的富商，只是當初妹妹從未想過離開我們去過更好的生活，所以才會和阿蘭一直待在泉州。如今我們只希望你能真心地好好對她，若是欺負了她，哪怕只有這麼點家底，我們也敢跟你拚命。」說罷，阿蘭母親抬手將眼前的酒杯也一飲而盡。

成雲開聽著這話十分動容，抬手握拳誠懇表白心跡。

「我的父母也不過是普通人家，從來不是什麼大富大貴之人。請岳父、岳母放心，我既然娶了她，自當不會負她。」

蘭亭亭聽著他們如此話語，心中感動和愧疚交織，五味雜陳。她不知道自己擔不擔得起這一雙父母的疼愛，她此刻的溫暖像是偷來的一樣。

她的情緒被成雲開收入眼底，他一眼便看出她因得到了本屬於阿蘭的親情而糾結，他將手放在她的手上，輕輕握緊，給予她力量。

飯後，阿蘭母親說他們二人是病號，不讓進廚房幫忙，將成雲開和蘭亭亭趕到了阿蘭的屋子裡休息。

自那洞中一夜二人談心後，他們再度單獨處於一室，難免有些尷尬。

蘭亭亭走到了成雲開的身旁，將他的外衫褪了下來。

他的肩頭裹好了紗布，看起來是請過大夫來進行了處理，她摸了摸他的額頭，果然還是有點溫熱。

「沒事。」成雲開將她的手拉了下來。「過兩天便會退燒。」

蘭亭亭點了點頭，坐到了他的身旁，自顧自的說道：「你知道那天晚上我取完草藥昏過去之前，在想什麼嗎？」

成雲開好奇地應著。「嗯？」

「我在想，」蘭亭亭側過頭看著他。「你什麼都說了，卻唯獨沒說為何娶我。」

成雲開愣了一下，忽然自嘲地笑了一聲，他沒有對上蘭亭亭的眼神，朝著前面說道：「說來可笑，這主意竟是孟樂無給我出的。」

「什麼？」蘭亭亭有些意外。

「起初我對妳是好奇，我不懂妳為什麼要冒充阿蘭，妳跟她太不一樣了，哪怕我對她並不瞭解，卻也能一眼看出妳們不是同一個人，或者用妳的話說，不是一個靈魂。」

成雲開抬著頭，邊回想、邊述說著。

「後來，我怕妳會是我的變數，總是不自覺地在人群中尋找妳，想知道妳在做什麼，為什麼要這麼做。我以為我是怕妳破壞我的計劃，所以我寧可邀請妳入夥，和我一起做大事。也不知道從什麼時候開始，我習慣向妳透露我的秘密，想知道妳看到了這樣的我之後會是什麼反應，想讓妳瞭解我。」

他又笑了起來。「但我又不敢讓妳瞭解全部的我。上一世我一直都是孤身一人，京城的媒婆踏破了我府上的門檻，她們天花亂墜的稱讚著我，說我什麼器宇不凡、生來高貴，我只覺得好笑。她們根本沒有見過我被碾碎在泥土裡的樣子，當然，她們也不配。」

成雲開一直都知道，他從來都不是天上的星光，他只是大地上被揚起的塵埃，總有一天又會落入泥土裡。

「我其實很膽小，我怕妳真的瞭解我之後會離開我。所以我去問孟樂無，我要如何留住一個女人。」他不禁笑了起來。「他用那種詭異的眼神看著我看了好久，好像看到了一個和尚的頭頂長出了頭髮。後來他要我娶了妳，我沒考慮多久，當晚就給皇上寫了請求賜婚的摺子。」

「妳不知道，大婚那天我有多緊張。」蘭亭亭聽著，握緊了他的手。

「我喝了很多的酒，明明我就要真的得到妳了，妳將永遠不會離開我，可我卻害怕了。」成雲開停頓了很久，才又繼續道：「妳當時看我的眼神，太絕望了，我從來都不想傷害妳，但是妳的眼神告訴我，我的確這麼做了。」

蘭亭亭抬手撫向他的臉頰，將他的臉轉了過來，迫使他看著自己。「我傷心、生氣的從來不是你娶我的事，而是你什麼重要的事情都沒有告訴我，我就像一個等待著被安排命運的布偶，換做是你，你願意嗎？」

成雲開的視線又放低了下去，他的睫毛像是密密麻麻的小刷子，在眼底落下陰影。

「對不起。」

蘭亭亭噗哧笑了出來，笑得他一愣，她揉了揉成雲開的臉頰，笑道：「傻子，我若是真的不願意嫁給你，洞房那天你根本就不可能碰得到我，我身上可是帶著匕首呢！」

成雲開錯愕地看著她。

「不過可惜，現在我的匕首丟了，沒法自衛了。」

蘭亭亭鬆了手，站起身來，坐到了床上，她微微低著頭，對他笑了起來。「今天似乎也是個黃道吉日。」

她脫掉了鞋子，伸出手，笑得明媚，讓成雲開離不開視線。「黃曆上說，今日宜嫁娶，宜生子。」

成雲開愣了幾秒，忽然站起了身，走到她的身邊，低頭吻住了她。

這一夜月色皎潔，喜鵲從阿蘭家上空飛過，留下陣陣嚶嚀。

他們在阿蘭的家裡住了兩日，彷彿遠離了外界一切的紛爭，像普通人家的夫妻一樣，晨起從村子裡的老井打水，到集市上買菜，中午回家幫廚。

過兩日便是二月二龍抬頭了，阿蘭的母親派他們二人到鎮子中的大集市採買些過節的肉餡做餃子。

鎮子裡的大集擠滿了人，成雲開攬著蘭亭亭的腰，幫她拎著筐子。

「娘說的那家肉店你還記得在東邊第幾家來著嗎？」

成雲開點了下她的腦門道：「第三家，這才出來一個時辰就忘了？」

「我這是在考你！」她說著向前快走了幾步，便見到了那肉店的招牌。

忽然，一個駝背的老頭一把抓住了蘭亭亭的胳膊，成雲開連忙上前擋在他們之間。

那老頭卻不知道哪裡來的力氣，死活扯著蘭亭亭的袖子，嗤拉一聲，扯開了個口子。

成雲開立即喝斥道：「你做什麼，放手！」說罷，脫下外衫披在蘭亭亭的身上，抬肘將那老頭頂了個踉蹌。

老頭倒在地上，嗷嗷的叫著。「妳這個狐狸精！虧得我兒子為了妳跟家裡決裂，妳可把我們家給害慘了！各位鄉親，你們看看，這女人又勾搭了別的男人，多不要臉啊！」

蘭亭亭一臉震驚的看著他，對成雲開直搖著頭。

成雲開卻並沒有看她，而是衝著老頭道：「你在說什麼笑話？她是我名媒正娶的妻子，你兒子為了誰做了什麼事與我們何干？你該做的是管好自己的兒子，怎麼會在大街上亂抓人呢，可笑！」

「兒子……你死得好不值啊！」那老頭依舊倒在地上，哭道：「怎麼會為了個背叛你的女人死在他鄉啊！」

蘭亭亭見四周圍了人來，這小鎮有點什麼風吹草動都能傳出幾十里去，她並不想破壞這裡的寧靜，於是在成雲開身後扯了扯袖子，低聲道：「走吧，這是個瘋子。」

成雲開點了點頭，攬著她的肩準備離開，卻聽那老頭又道：「阿蘭！我知道妳現在是發達了，妳可還記得朱世江這個名字？」

蘭亭亭自然沒有聽說過此人，只是卻感覺肩上成雲開的雙手忽然握緊，他並沒有繼續向前走，而是折返對那老頭說話，聲音也不再如方才憤怒。

「他死了？怎麼死的？」

那老頭顯然也沒想到此人竟知道自己兒子的名字，悲痛道：「三年前他離家出走去了江南，卻趕上了當地的暴動，被山匪給殺了。他原是要當官的，就是為了這個女人，他才非要不遠千里的去那個地方！」

成雲開沈默了許久，從懷中掏出了一錠銀子，放在他的腳邊，轉身攬著蘭亭亭去了肉鋪。

蘭亭亭心中千般好奇，但見成雲開明顯心事重重的模樣，一路未敢多說。待買完肉餡，在回程的馬車上，她終於忍不住問道：「朱世江是誰？你認識嗎？」

成雲開終於抬起頭來看著她，在他的雙眸裡，蘭亭亭看出了愧疚和惆悵，她並不懂他此刻在想些什麼，直到他開口說道：「那是上一世，阿蘭所愛之人的名字。」

蘭亭亭不禁倒抽了一口氣，瞬間便明白了成雲開方才的舉動和糾結是為何。

他怕蘭亭亭帶著阿蘭的記憶，心中仍牽掛著他人，同時，本就知道阿蘭所愛何人的他，又對自己奪人所愛的舉動心懷愧疚。

他一時間不知道該如何將阿蘭和她徹底區分開來，也不知該如何對待朱世江和他的家人。

蘭亭亭理解一切，輕輕握住他的手，笑道：「你放心，我不是阿蘭，我愛的人是成雲開。」

她如此直接的告白，讓成雲開不自覺地避開了她熾熱的視線，臉上浮上了兩團紅暈，喉頭微動，有些動容。

蘭亭亭偷笑著他的羞赧，又道：「我一直沒有告訴過你，其實我原本的名字，叫做蘭亭亭。」

成雲開又回過頭來看著她，他的眼眸黑得發亮，上面像是蒙上了淚膜，晶瑩深邃。

「蕙質蘭心，亭亭玉立，很美的名字。」

蘭亭亭卻噗哧一聲笑了。「真是情人眼裡出西施！」

成雲開蹙眉笑道：「何謂西施？」

「就是天下第一的美人。」

成雲開摸了摸她的臉，笑道：「那不就是我的夫人？」

蘭亭亭輕輕推了他一下，忍不住笑了。「夫君還會說情話了，可喜可賀。」

成雲開抿唇笑了笑，將她攬在懷裡，才又道：「不過我方才給他銀兩，並非是為此，而是當年在江南，他所說的那場暴動，我也有參與。」

蘭亭亭猛然起身，驚訝地看著他。

「江南是熙王的發家地，最初他封侯時便在那裡。上一世他是用鴻牧村當作自己的跳板，一躍成為了當時最有政績的侯爺，之後才被先帝賞識，封賞為王。這一世，」成雲開頓了頓，才又道：「我雖保護了自己的家鄉，卻使得他將矛頭轉移到了義昌，遇到了陳素。也可以說，如果不是我的重生，朱世江還可以活得更久些。」

蘭亭亭聽罷，安慰他道：「你若這樣想，那如果不是我來到了阿蘭的身體中，阿蘭的靈魂也就不會消散得這麼早嘍？這一切都是上天的安排，並非是你我的過錯。」

成雲開揉了揉她的頭道：「妳可知道，上一世阿蘭為何會為我擋劍而死嗎？」

蘭亭亭狐疑道：「因為她是個忠誠的死士？」

成雲開點了點頭，又搖了搖頭。「不只，因為那時，她剛剛得知了朱世江的死訊。」

蘭亭亭震驚不已，原來竟還有這樣的關係，那這一世，難道說阿蘭靈魂的消散也是因為朱世江之死？

成雲開從她的眼中看懂了她的意思，而這也正是他真正愧疚的來源。「無論是什麼原因，上一世，阿蘭畢竟對我十分忠誠，還因我而死。今世，我卻因為一己私慾害她愛人早逝，終是我對不住她。」

蘭亭亭抬手托起了他的臉頰。「那並不是你造成的。如果你什麼也沒做，或許朱世江並不會死，但你的家鄉也會有其他人因此遭殃，那也是別人在乎的人，他們難道就活該去死嗎？那是熙王的罪孽，你在當下已經盡力了。」

成雲開忽然大笑了起來，他抬手環住了蘭亭亭的腰，將她攬在懷中。

「雖然對不住阿蘭，但我不後悔當時的決定，現在，我更不後悔，若不是因為這些事情，妳也不會來到我身邊，若我真的做錯了，那我也寧願一錯再錯！」

回到家後，蘭亭亭馬不停蹄的來到阿蘭的房間，恨不得將那不大的屋子翻過來，好不容易才終於在衣櫃後面的石牆中找到了阿蘭和朱世江當年的書信往來。

她小心翼翼的翻開那陳舊的書信，也翻開了阿蘭過往的人生，在她的故事中，卻不像書中一筆帶過的那樣簡單。

她也曾有過少女心動，有過家人反對卻波瀾壯闊的愛情，他們雖然未曾真正的相處過幾日，卻早已在精神上實現了共通，並且彼此約定未來要在京城一展宏圖。

朱世江要通過科考謀個一官半職，在未來的幾年中準備兢兢業業的為民謀福祉；阿蘭則趕上了好時辰，太后昭告天下要招收太醫院女官入宮，她雖對醫術不甚瞭解，但幸而學得快，為了他們夢想中在京城的新家，她決定背水一戰。

只可惜天不從人願，他們終究還是陰陽相隔了。

蘭亭亭看著他們筆下憧憬的未來，心中也跟著難過了起來，看得太過入神，以至於阿蘭的娘親進門來，她也沒注意到。

「唉。」年邁的婦人嘆了口氣。「我以為妳已經徹底忘記他了。」

蘭亭亭猛然一驚，書信掉落了一地，阿蘭的娘幫忙撿了起來，撣了撣上面的灰塵。

「當初我便跟妳爹說，妳總往鎮子裡跑，一定是看上了哪家的小子。妳離家去京城前，雖然沒說，但我也大概猜到他是誰了。」

阿蘭的娘親陷入了回憶。「學堂裡的小朱先生的確名聲很好，有教養，人又溫和，可惜遠近鄰居都知道他有個臭脾氣的老古董爹爹，我怕妳受委屈，不想妳跟他好，所以後來，我藏過他寄來的書信。」

她說著說著，眼眶卻紅了。

「我也沒想到，再收到他的書信就是訃告了。我不敢告訴妳，我就想著，未來妳去了京城，說不定就不會回來了，見識了更大的世界，可能也就不會再執著於他。」

蘭亭亭聽著，眼前卻越來越模糊，心底湧入了一陣悲傷，從她的眼中奪眶而出，她不知自己因何而難過，卻止不住的哭了起來。

阿蘭的娘親不敢碰她，像是做了錯事的孩子，哪怕承認了錯誤，也不敢面對犯錯的結果。

蘭亭亭看著年邁的母親，也說不出什麼安慰的話，她只是嘆著氣，捲起了手中的書信，淡淡道：「這些我帶走了，吃完餃子，我和雲開就得離開，這些我帶走了，請爹娘多注意身體，保護好自己。」

她走出了房間，呼吸著屋外凜冽的空氣，涼意直入肺腑，才覺得舒暢了起來。

原來每一個家庭都有自己的幸福和悲哀，怪不得上一世阿蘭到死也未曾再回過家中。

第十七章

二月二，龍抬頭，在村子裡的一片歡聲笑語中，蘭亭亭和成雲開離開了阿蘭的家鄉。

臨走前，阿蘭的母親送給她一個紅盒子，眼中含淚地說：「這是我給妳準備的嫁妝，裡頭的東西價值不多，也是妳外婆留下來的，妳拿去吧。本來打算在妳去京城時就給妳的，現在，」她看了看一旁的成雲開，笑道：「想來也不晚。」

蘭亭亭接過那盒子，抱了抱這位年邁的母親。

她或許曾經因為對孩子的愛而傷害過阿蘭的感情，但她終究還是疼愛自己的孩子的，而且她仍舊不知道自己的孩子已經從這個世界徹底的離開，她也是個可憐的女人。

蘭亭亭吸了吸鼻子，努力笑道：「再見了，爹、娘。」

路上馬車走得緩慢，在從村子裡前往泉州鎮子的路上，天降大雪，落在地上堆積出了手掌的高度。

「這是阿蘭的母親送給她的嫁妝。」蘭亭亭握著手中的紅盒子跟成雲開說道。「我想再去趟義昌看看朱世江，為他上香，我想阿蘭也希望能同他一起。」

成雲開點了點頭，握緊了她的手。

馬車一路艱難的駛回了泉州的客棧，一回來便又看到了一群老百姓在客棧的門前圍觀說書。

「這個徐先知又放出來了？」蘭亭亭皺起眉，搖了搖頭道：「李大人這事做得這樣，怪不得十多年了還只能在這裡當知府。」

成雲開卻將她拉了回來。

「妳這麼義憤填膺的做甚？」

「他背後是泉州商會，經常在城中散布真假不明的信息，就是為了控制當地的百姓，將來定會為人所用，現在雖看不出來對方的意圖，但是不能這樣養虎為患。」

成雲開將她的身子扳正了過來，看著她許久，忽然噗哧一聲笑了起來。

蘭亭亭看著他臉頰上若隱若現的酒窩，頓時明白了他這是為何，忍不住抽了抽嘴角道：「別告訴我，這事是你幹的？」

「既然陳國透過山匪製造動亂，暗中使力為熙王舊部反撲造勢，我怎麼就不能利用這位先知來忽悠忽悠百姓了？」

蘭亭亭覺得他背後的那條狐狸尾巴又高高的聳立了起來。

她憋著一口氣怨道：「你不早說！害得我還喬裝打扮去那泉州商會試探半天，若不是想查清他們是否與陳國有所勾結，何至於非要去他們那個什麼庫房？」

說到一半，蘭亭亭又轉過身來用腳踩了成雲開一下。

「他們當時看見山匪，繳械得那叫一個乾脆俐落，這就是你栽培的人？還是說，我被山匪抓走，你英雄救美的戲碼都是你設計好的？」

成雲開抬著腳嗷嗷的叫著。「姑奶奶，妳可真是看得起我，我哪有那個本事，我要真這麼神通廣大，哪會受那麼重的傷。」說著還捂起了肩膀，佯裝受傷的模樣。

蘭亭亭雖是有些賭氣，卻也知道他不會真的讓她如此犯險，於是柔了聲音道：「我看看，怎麼傷還沒好。」

成雲開順勢將她攬入了懷中，輕輕拍了拍她道：「往後什麼事，我都會告訴妳。泉州雖然位置偏遠，卻是戰略要地，商會與各國來往密切，若不能全權掌控，很可能就會被外人先下了手，如此一來我就會處於被動的劣勢。」

蘭亭亭自然也是知道的，她點了點頭。

「那日在山匪的寨子裡，我聽到了兩方的對話，看來他們之間也有些紛爭，兩方的合作並不像外界想像得牢不可破，從這一點上看，要瓦解他們並不費力，之後再逐個擊破，也不會耗費太多人力。」

成雲開的下巴抵著她的額頭，蹭了蹭道：「夫人甚是聰慧。」

蘭亭亭揚了揚眉毛，笑而不語。

在客棧稍作休憩之後，成雲開帶蘭亭亭去了泉州商會。

會長見到換了一身裝束的蘭亭亭，徹底傻了眼，再一看到他們二人十指相扣的樣子，疑惑地直撓頭。「成大人這是，讓夫人來試探我們的？」

蘭亭亭尷尬地笑了笑。「誤會，都是誤會。」

成雲開佯怒道：「但會長將我家夫人留在山林當中被山匪俘虜一事，卻並不是誤會。」

會長連忙遞茶拱手道：「當時以為成夫人是陳國密探來打聽泉州商會的消息，便特意選擇了那條山匪常出沒的路，有意讓他們白折騰，卻沒想到竟然是夫人。」

蘭亭亭扯了扯成雲開的衣角，踮腳在他耳畔道：「差不多得了，我做的這蠢事就別搞得人盡皆知了！」說罷，對商會會長又笑了笑。「聽起來，你們也經常同他們打交道啊？」

會長見她轉移了話題，感激得對她點了點頭，接話道：「不錯，四條交通要塞，他們掌控了其中一條，有時我們的貨物不得不從他們的眼皮子底下過去，不說次次出事，也時常發生衝突。」

成雲開坐著品茶，幽幽道：「給他們送個信去，說我要找他們的首領談談，讓他們來選地方。」

「你要自己去？」蘭亭亭抬高了音調。

成雲開拉過她的手道：「為夫深知夫人現在是一刻也離不開我，但是這事卻不必由夫人陪我同行。」

「你瘋了！」蘭亭亭甩開了他的手。「他們都是莽夫，你跟他們講道理，無異於對牛彈琴。」

成雲開站起了身，對她笑了笑，安撫的拍拍她的肩膀，又對商會會長道：「這夥山匪何時上的山？在泉州又是怎麼有的勢力？」

會長想了想道：「據說原本他們就在泉州鎮子裡混，為首的是一名鎮上的年輕人，名叫梁平，大概三年前這些人形成了一股勢力，一年前，朝廷對他們圍剿失敗，這隊伍就越來越壯大，足以與商會相抗衡。」

成雲開側過頭，對蘭亭亭道：「你們當大夫的怎麼說的，不能治標不治本，走吧，去查查如何治本。」

當李平德滿臉愁苦的在成雲開面前踱步時，蘭亭亭便知道，他找到了治本的方法。

「李大人，別再耽誤時間了，成大人已經同那山匪的首領約好在戌時見面。現在只剩三個時辰了，此刻房間再無他人，有什麼話請盡快明說，否則山匪若再繼續鬧下去，怕是您這個知府的位置也要不保了。」

李平德搖搖頭嘆了一聲，一拍雙手，似是卸下了包袱道：「我的確與他們打過交道，梁平這人我也識得。三年前，泉州大旱，各地百姓缺糧上繳，叫苦不迭，我曾上書請求朝廷派糧以維持百姓生計，但糧餉遲遲不到，我沒辦法，只得到泉州鎮子裡的糧店中徵繳，其中便有那山匪頭兒梁平家的鋪子。」

蘭亭亭看他欲言又止的神情，心中已猜出來個大概，果不其然，他又接著道：「梁平的爹在抗拒衙役強制催繳的時候，被衙役失手打死了，他娘也在不久後上吊自殺……」

成雲開看著他，點了點頭道：「如此說來，是你將梁平逼上山的，那今晚，你且隨我一同去吧。」

蘭亭亭看著李平德這半百的年紀和滿頭的白髮，想著怎麼說他也是李輕竹的爹，要是被那幫人抓走，能不能有個全屍都不好說，太危險了。

她連忙道：「你們這是要去送死？」

李平德卻對蘭亭亭行了禮道：「多謝阿蘭大人為老夫考慮，但成大人說得不錯，此事由我而起，的確該由我來終結。」

他說完像是徹底鬆了一口氣，身子支撐不住，坐到了一旁，自嘲的搖了搖頭。

「終於還是到了這個時候，我將此事壓了多年，便是怕總有一天東窗事發。當年輕竹非要離開泉州，便是因為她看不起我這個父親，覺得我做事卑劣，不考慮後果，總會遭到報應。」

他笑了笑。「這三年來，我也是無時無刻不在想著此事，卻不敢面對。若是此刻我的出現可以幫到成大人解決當前的問題，除去山匪的撥亂反正，我自當前去。雖是我當年做錯了，將他們逼得落草為寇，但如今他們的所作所為也都是自己做的孽，我不怕與他們對峙。」

成雲開走到了他的身旁，拍了拍他的肩。

最後，和山匪晚上會談的時間是成雲開定的，而地點則是山匪首領梁平回覆的。

蘭亭亭看著那信上的地址，對著地圖無奈的搖頭。

「他這是故意的，選在了半山腰，他們的人能不到一炷香的時間就在此地匯集，而我們的人潛伏在下方，一是上山較慢，二是容易被他們發現。」

「無妨。」成雲開看著那裡的地勢道：「你們就在山下等著，若是半個時辰我們還沒有談妥，便直接從後山上來，包抄他們的老家。」

蘭亭亭點了點頭，從一旁的衣櫃中翻出一套嶄新的棉服，邊將藥瓶塞入口袋，邊交代道：「這地方只有一處亭子，落山風吹得厲害，得多穿點衣服。」

會談之日很快就到了，此時哀望山上的風像刀一般，在人的臉上劃著一道道的血痕，成雲開冷靜地看著月亮的方位，他們已經在此等了一炷香的時間，手腳已凍得冰冷。

李平德受不住，找到了一處微微避風的地方坐下。

甫一坐下，便聽有人道：「李大人這誠意不夠啊！」

來者正是山匪的首領梁平，隻身一人。

李平德站起了身，神色平和，絲毫未顯露出敵意，以嘶啞的聲音開口道：「你到底想要什麼？」

梁平道：「我要你死，為我的父母殉葬，我早就跟你說過，看來李大人似乎記性不太好。」

李平德看了眼成雲開，後者退後了半步，示意他不必有所顧忌。

他點了點頭，緩緩說道：「三年前的事，我也很痛惜，當時我在籌措救災的糧餉，回到泉州時，已是三日之後了。我去過你的家中，將我能拿出來的所有銀子都留了下來，可我卻沒想到，你轉頭用這些銀子上山稱王，落草為寇，你又如何對得起你的父母？」

「你也配替他們責備我！」

梁平的雙目瞪得通紅，情緒突然有些激動。

「若不是你們強行徵糧，我何至於家破人亡？我們也是小戶人家，攢了七、八年的錢才終於開了間鋪子，糧庫裡本也沒有多少糧食，都是往年的積糧，那是我家最後的家底。你們不去找那些個商會大戶徵糧，偏要來欺壓我們，不就是欺軟怕硬，看我們好欺負？

「你看看你現在的樣子，也就是我當了土匪，你才會如此，我若還是那鋪子的店家，你可會如此低聲下氣的來見我？」

李平德咬著牙道：「那天，我看見了你父母的棺材，雖然他們的死並非是我直接造成的，但是的確與我脫不了干係。當時我本打算下跪謝罪，若不是聽到了你當山匪的消息，我還打算扶持你們家的糧鋪，將部分救濟糧暫時存在你們的糧倉中。」

梁平似是第一次聽說這事，驚訝得瞪圓了眼睛，沈默了一會兒後反駁。「你別跟我說這些好聽的，你若真有此心，現在下跪也還來得及告慰他們的在天之靈。」

李平德問道：「我若下跪，你便能心平氣和的聽成大人一言嗎？」

梁平蹙著眉揮了下手，轉過身去看向哀望山。

「別來套我，先跪了再說。像你們這樣的官，我再瞭解不過，什麼為百姓謀福祉，都是屁話，你們只在乎自己的政績，說什麼冠冕堂皇的為百姓謀求濟糧，我親眼看到那些衙役將糧食轉頭就送到那幾位大官的家中，官場是吃人不吐骨頭的地方，裡頭沒一個好東西——」

他說到一半，忽然停住，只因李平德正跪在他的面前，低身行著大禮。

「你爹娘的事情，是我對不住他們，我沒管好自己的人，是我的錯，我認。你若還不滿意，我也可以當著全城百姓的面，在你們家的宗祠下跪行禮。」

梁平震驚得看著他如此舉動，一時間竟說不出話來。

他的心頭情感交雜，等了三年李平德的道歉，如今他竟然這樣輕而易舉的做到了，那他過去那三年的等待、威脅，過著提心弔膽、刀口舔血的日子，又算什麼？

李平德行過了禮，抬起頭，對梁平道：「我只有一個條件。」

「你果然還是為了私心！」

「不。」李平德雖是跪著，此刻卻顯得無比高大。「我若做到了，希望你可以向我保證，不要再為非作歹，與官府對抗。我不求你回到過去的生活，但是至少你不能再劫走商會運送的貨物。」

梁平忽然大笑了起來，彷彿聽到了一個天大的笑話。「你憑什麼要我保證這些？你現在做的本就是你該補救的！」

「因為你若繼續下去，會有更多的人像當年的你一樣。」

在不遠處的成雲開像個旁觀者一般看著他們過去的恩怨，他靠著亭子，忽然開口。

「你現在所做的事，與當年的李平德又有什麼區別？」說完，似乎覺得還不夠準確，他又補充道：「哦不，至少李大人還籌集了糧食，而你，卻只會劫走糧食。」他笑了起來。「然後送給陳國人。」

梁平回過頭來看著成雲開，只覺得這人看著並不會武的樣子，卻仍舊在他面前自信坦然的挑戰著他的底線，也是膽子不小。

他回道：「你從哪裡道聽塗說來的這些消息？」

成雲開挑眉。「你還記得前幾日被你抓回寨子又跑掉的那個『陳國人』嗎？她似乎聽到了些不該聽到的對話。」

梁平心底自然知道蘭亭亭當時聽到了什麼，他此刻很難反駁，便道：「我那是在同他做交易。」

「賣國的交易？」

成雲開從他身旁走過，拉起了跪在地上的李平德。

「李大人，你不必再同他說些什麼了，他早已不是你當年對不住的人了。」

梁平沈默著，沒再看他們。

成雲開又道：「我想今日的見面或許並沒有必要，是我唐突了，耽誤了彼此的時間，我們走吧。」

說罷，他扶著李平德欲向山下走去。

「站住！」

梁平立時叫住了他。

「我可不只是一個人，我手下有那麼多追隨我的弟兄要養活，沒有熙王的資助，我們早就餓死了，我不能違背當初對他的承諾，何況現在他落難了，我沒法不幫他。」

成雲開忽然大笑了起來，笑得他發毛。

「讓我猜猜，他當年是怎麼幫助你的。想必那時你被朝廷的士兵圍剿，只剩零星幾人在山上苟延殘喘，而他忽然找到了你們，像神一樣降臨，給了你們想要的一切，對嗎？」

梁平緊蹙著眉頭，一副被猜中了心思的模樣。

「總之他的確幫到了我們。」

「你被騙了，那是熙王最擅長的手段。」

成雲開嘆了一口氣，走到了他的身側，拍了拍他的肩。

「李大人，可否告訴我，一年前，你是收到了誰的密令要圍剿山匪的？」

李平德難掩內心的驚訝，他只當這群山匪是不滿時政而反，卻沒想到他們竟然得到了熙王的助力。

他努力讓自己的聲音顯得不那麼震驚地回道：「正是熙王。」

梁平震驚得後退了半步，搖著頭，又忽然上前兩步扯起成雲開的領子，怒道：「你們休要胡言，可有何證據？」

成雲開被他扯得勒緊了嗓子，但神情卻依然平靜。

他微仰著頭，垂眼看著神色慌張的梁平，平靜道：「熙王當年的密令，李大人應該還留著吧？」

兩人轉頭看向李平德，李平德點點頭。「沒錯，這密令此刻還躺在我府中書房的櫃子裡。」

「這不可能！」

在梁平巨大的震驚和錯愕聲中，成雲開又道：「我跟隨了熙王五年，見過這樣的事太多了。他之所以敢這樣做，便是篤定了你不會相信李平德的話，他太懂人心，你若現在還執迷不悟，將來早晚有一天，你也會像你那些被他害死的弟兄一樣，死不瞑目。」

梁平忽然被抽乾了力氣一樣，鬆開了手。

「信不信隨你，我言盡於此。」

成雲開理了理胸前的衣領，咳了幾聲，清了清嗓子，偷偷從口袋中取出了一顆藥丸，掩唇吞嚥了下去。
梁平向後退了幾步，跌坐在亭子的臺階上，喘著粗氣，掙扎了許久，雙眸也已充血通紅，忽然抬頭對李平德道：「將那密令拿來，老子要親眼看到！」

成雲開沒有跟隨李平德回府衙，而是下山找到了蘭亭亭，兩人一同回到了客棧。
他握著蘭亭亭的手微微發顫，她一眼便看出他是頭痛症又犯了。
回到客棧後，她連忙煮了熱水，將毛巾燙好，回到房間，卻見成雲開並沒有躺在床上休息，而是伏在桌子上低頭撰寫文件。
「在寫什麼？」
成雲開讓出位置給她看。「收服山匪的摺子。」
蘭亭亭笑道：「我看李大人回來時的臉色可並不明朗，你就如此自信？」
成雲開將筆放在一旁，側著頭笑道：「那是自然。」
而第二日，果然不出成雲開所料，李平德興奮得來到他們的住所與他探討後續管理那群山匪的事宜。
在李平德繪聲繪色的描述聲中，成雲開忍不住打斷了他。

「將他們歸入你的府衙，成為你的門客，梁平定然不會同意，就算他同意了，當地百姓多少都曾受到過山匪的侵擾，他們定然也不會同意，我倒有另一個辦法。」

李平德的想法被他打了回去，此時只能茫然道：「願聞其詳。」

「讓他們仍留在山上，繼續與陳國往來。」成雲開指了指地圖上的土匪寨子。「就做朝廷的密探，不與你泉州府有聯繫，陳國人也難以找到他們歸順朝廷的證據，不得不繼續從他這裡獲取錯誤的消息。」

李平德蹙眉道：「那豈不是與現在沒有什麼不同？他們還是能肆意的打劫路上的行人、商鋪，不受管控，難道要全憑他的自覺？這怕是不妥。」

成雲開拍了拍他的胳膊道：「李大人無須擔憂，成某不才，在泉州也有自己的人手，用來調遣他們，還是綽綽有餘的。」

李平德震驚得看著他，他的確察覺到了泉州有另一股勢力，卻未想到竟然有成雲開的參與，他不敢多言。

成雲開笑道：「李大人不必太過緊張，我們都是做權責之內的事情，都是為了朝廷，為了皇上分憂。你回去後讓他來見我，我還有其他的事要問他。」

這其他的事自然是與陳國相關，李平德將人帶來後，便先行離開。

如今梁平已然換了一副模樣，打扮得乾淨得體，蘭亭亭分辨了半天，差點沒認出來。

「那日與你交談的陳國人是什麼來歷？」蘭亭亭開門見山。

梁平顯然早就猜到他們是要問這個問題，也痛快的回道：「我和他認識是通過熙王的引薦，他的真名我並不清楚，他讓我管他叫陽陳。他在外面的身分是陳國的商人，實則是陳國密探。」

「他跟你交談過程中，可曾透露過關於陳國的信息？」

他點了點頭。「作為利益交換，我會問他在泉州我能獲利的信息，比如陳國人在何處囤積運送貨物，他不能直接給我，卻可以讓我去劫來。」

蘭亭亭頗為驚訝。「他這不是在坑害自己的國人？這不也是在賣國？」

成雲開卻老神在在道：「他坑害的是他們國內的另一撥人，陳國如今正在內鬥，現在暫時還無暇顧及與燕國的往來，否則當初司南陳之死就足以讓他們藉機發難。」

梁平聽不懂成雲開所說之事，道：「我知道的就這些了。」

成雲開將一旁的泉州地圖鋪展開來，又拿來了一枝筆，遞給了他。

「將你劫來的貨物在上面標記好。」

一炷香之後，一張畫得密密麻麻的地圖呈現在了成雲開的面前。
他微瞇著眼睛，提筆蘸了紅色的墨水，在當中的幾個位置畫上了標記，成雲開看罷，沒有問題便讓他離開了。
蘭亭亭走到了地圖旁邊仔細一看，瞬間便明白了這布局的意思。
陳國在向西北邊境轉移糧食和藥品！
「他們果然準備開戰了。」蘭亭亭嘆道。
成雲開又搖了搖頭。「陽陳不可能不知道將這些信息抖摟出來的後果，他是想告訴我們，他的對立方要開戰，而他的一方，暫時還不想，他想要熙王給出和談的機會，可惜他現在倒臺了。」
「熙王當初不是和陳國太子為伍嗎？我記得你曾提過，他們主戰。」
成雲開點了點頭道：「不錯，曾經他們主戰，但現在，陳國太子已經幾乎完全掌權，此刻陳國王上的生死也就他一句話的事，大權在握，他自然不會想真的與燕國開戰。」
蘭亭亭打了個響指。「也就是說，熙王現在是內憂外患，已是明日黃花，東山再起不過癡人說夢了？」

「但還要提防他與陳國四皇子有所勾結。」成雲開指著地圖上的標記道：「他們已經有所行動了，將在外，軍令有所不受，或許，這些人還是會像上一世一樣貿然在邊境發動戰爭。」

蘭亭亭將那地圖捲起。「與其坐以待斃，不如先發制人，我已叫好了馬車，咱們回京吧！」

話音剛落，屋外傳來一陣急促的敲門聲，成雲開開了門，只見李平德正滿頭大汗的站在門口，喘著粗氣送來緊急消息。

「成大人，我剛收到的八百里加急的快報，皇上命您即刻返京！」

蘭亭亭揮了揮手中的地圖笑道：「想到一塊兒了。」

成雲開卻沒怎麼笑，抿著唇看向李平德手中的快報，若有所思地思考著什麼。

京城的天氣比泉州暖和許多，成雲開和蘭亭亭一路往京城趕，途經之地剛下過大雪，到了京城，雪已融化了大半，街頭巷尾的孩子們正在地上溜冰嬉戲。

然而成府主堂中的氣氛，卻不如外頭輕鬆。

兩人剛回府不久，此時屋中萬籟俱寂，蘭亭亭屏氣凝神，仍在消化方才從彭公公口中聽來的消息。

幸而這屋中除了她和成雲開再沒有其他人，她不禁反問道：「大人的意思是說，太后中了奇毒，現在正危在旦夕？而且皇上懷疑，是成大人所為？」

彭公公打了個哈欠，手搭在肥碩的腹間，細著嗓子道：「成大人也不必擔憂，若此事不是你做的，自然早晚會還你一個公道，不過此刻，為了平息皇上的憤怒，大人最好還是同咱家先去天牢住下為好。」

成雲開並未顯露出震驚的神色，他平靜地勾起嘴角，對彭公公點了點頭。

「那就麻煩大人引路了。」

天牢這地方，蘭亭亭倒是住過，的確沒有傳言中的那麼可怕，什麼進了天牢便必死無疑，她還不是照樣完好無損的出來了？

但那是因為涉及到了陳國的使臣，她代表的是大燕的利益，而此刻，無論成雲開到底是否真的做了這事，他都與皇上、太后的立場並不相同。

若沒人保他，他又要如何自救？

蘭亭亭此刻什麼也做不了，只能看著成雲開被帶走，他走前還不忘回頭朝她笑了笑，壓低了手掌示意她不必擔心，更不要輕舉妄動。

彭公公走後，她將泉州帶回來的地圖收好，立馬動身前往太醫院，此刻，唯有找到呂羅衣，才能打聽到太后的消息。

她是去賭一賭的，因為呂羅衣此刻更有可能已經被關在太后的寢宮，得先想出救她的辦法，她們才有可能離開。

果然，當她來到太醫院，半數的醫士都不在院中，她所熟識的人也不在應在的位置。

蘭亭亭無助地坐在後院的涼亭中，看著風在結冰的湖面徒勞的吹著，心中一陣疲憊。

忽然，有人喚了她的名字，她回頭一看，竟是李輕竹。

「我去過御醫坊，沒看到妳，還當是妳也進宮隨診了。」

李輕竹卻沒接她的話，而是問道：「聽說妳剛從泉州回來？」

蘭亭亭點了點頭，瞬間明白她來找自己是為了何事，還好在來之前，她將李平德託她送來的家書帶在身上，她馬上找了出來遞給李輕竹。

「嗯，還遇到了李大人，這回我們去剿匪，李大人助益良多。」

李輕竹聽了這話，眼中泛起波瀾，卻未接過那家書，有些緊張道：「你們成功了？

那些人可還活著？」

蘭亭亭回道：「也算不上成功，但兩方應不會再有衝突了，李大人已為他當年所犯的錯誤承擔了責任，且他當年也已懲處了那幾個失手殺人的徇役……雖然這是妳的家事，我不好說什麼，但此事已過三年了，妳明明很思念家鄉，何必如此自苦？」

李輕竹苦笑了一聲，嘆了口氣，接過那封家書，半是自嘲道：「他終究還是不懂我為何離開，也罷，事已至此，本就沒有了回轉的餘地。妳說得不錯，我的確是在自苦。」

蘭亭亭安撫的拍了拍她的手，拉她坐下。

李輕竹揉了揉眼睛，似是從回憶中走了出來，又對蘭亭亭道：「我前幾日被調到了御藥科，不再管進宮隨診的事了。」

蘭亭亭眼中的光亮暗淡了下去，她點了點頭。「我先走了，不打擾妳看家書了。」說著起了身，剛走出涼亭，又聽李輕竹叫住了她。

她回頭，只見李輕竹走了過來，附在她的耳畔說道：「太后中的毒是一種西域的奇毒，每一味的配製都大為不同，我現在便在配製那毒物的解藥。」

她左右看了看，確認四處無人，才又道：「這毒只能緩解，卻永無解藥，哪怕下毒之人也無法解毒。我聽說，是有人在太后的參茶中動了手腳，正是成大人在壽宴時所獻的那一份。」

蘭亭亭聽罷，卻鬆了口氣，只有傻子才會在自己的獻禮中動手腳，幸而成雲開不是傻子。

但她轉而又緊張了起來，如此低劣的手法，皇上又怎會看不出來，卻仍舊將他關入天牢，若不是有意敲打他，那便是要藉機滅了他！

蘭亭亭從太醫院離開後，徑直進了宮，本想入殿覲見，卻被彭公公攔在了殿外。他掐著嗓子，擺出一副苦口婆心的善人模樣道：「我說阿蘭大人呀，成大人如今都是階下囚了，妳還敢面聖，若不是看在妳過去採藥有功的分上，皇上早就給妳連坐了！妳可消停幾天吧。」

蘭亭亭堆起笑臉問道：「敢問彭公公，究竟是誰在調查此事？」

彭公公笑道：「刑部的大人已經親自出馬，我們這樣的外行就不便多問了。」

蘭亭亭識趣地從懷中掏出一錠銀子，塞入了他的手中，以示謝過。

她本就猜到此刻自己很難面聖，來景元殿只是為了向皇上展示一下她的態度，一轉頭她便直奔御膳房。

御膳房此刻正是一副風平浪靜的模樣，但蘭亭亭卻知道，這表面的平靜下，他們每個人也是憂心忡忡，畢竟成雲開所獻的參茶，是從他們這裡端上去的。

甘靈兒聽到了蘭亭亭的聲音，立即從御膳房溜了出來，拉著她向城門的方向多走了幾步，避開其他人。

來到角落處，她關心問道：「成大人現在如何了？聽說他入了獄。」

「天牢裡住兩天問題不大。」蘭亭亭擺了擺手道：「我來是想向妳打聽個事，當初向太后奉茶的是誰？妳可知道還有誰可能接觸過他獻的參茶？」

甘靈兒搖了搖頭，回道：「昨兒個刑部的人已經來過一趟了，獻茶的小廝被他們帶走了。我那天正巧在宮外，沒能看到具體發生了什麼，但是成大人的參茶一開始是被存放在御膳房的倉庫中，除了房主有那裡的鑰匙之外，別人是不可能接觸到的。」

「這倉庫在哪兒，能帶我去看看嗎？」

甘靈兒沒想到她竟如此要求，但見她堅定的眼神，想了想後道：「天黑之後，我可以帶妳去倉庫的外圍看看。」

「好，我到時再來找妳。」

離天黑之前還有兩個時辰，蘭亭亭乾脆俐落的出宮，去了天牢。

成雲開的確如她所想，住在和她先前一樣的單間，除了沒有獄卒陪伴，同她之前入獄時的生活並無不同。

「你倒是悠閒得很。」蘭亭亭看著他端坐在臥榻之上閉目養神，隔著柵欄撇嘴道：「我在外面可忙死了！」

聽到了她的聲音，成雲開笑著睜開眼睛，卻見她兩手空空，蹙眉道：「夫人怎麼沒給為夫帶些熱食？」

「我做的飯你也敢吃？」蘭亭亭挑眉。

成雲開起身走到了她的面前，笑道：「那為夫出去時可要餓瘦了。」

「你還想在這裡待到幾時？」

成雲開揚聲道：「那就要看刑部趙大人想留我到幾時了。他一天不調查清楚，我這一身冤屈就難以洗刷。」

蘭亭亭莞爾一笑。「看來趙大人也有解決不了的難事，皇上怕是要等不及了。」

話音剛落，幽黑的甬道中走來一個身著官服，頭戴烏紗帽的中年男人。

「聽阿蘭大人的意思，是要來給我送上妙計了？」

蘭亭亭看了眼成雲開，轉頭笑道：「下官不才，算不上妙計，但的確有一計可試，明日便能見成效，不知趙大人可願意一試？」

月色灑滿大地，冷風呼嘯，蘭亭亭在御膳房不遠處的岔路等待著甘靈兒的出現，左顧右盼了半天，卻見她著一身暗色的常服忽然冒了出來，將她嚇了一跳。

蘭亭亭擺弄著她的身子，轉了個圈，不禁感慨道：「妳這打扮倒顯得比我專業得多，平時沒少溜出去偷吃吧！」

甘靈兒推搡了她一下，佯怒道：「我平日也就只敢在屋裡偷些點心嚐嚐，私探倉庫這麼大的事，要不是為了妳，我才不去呢！」

蘭亭亭抿唇看著她，輕嘆道：「傻姑娘。」

御膳房的倉庫在城牆附近，周圍看守的侍衛很少，甘靈兒托著蘭亭亭攀上了牆頭，將將能看到倉庫裡的袋子是如何放置的。

「給皇上和太后的獻禮也是這樣肆意的收置嗎？」

甘靈兒看不到裡面，有些艱難地道：「按理說也在這裡，但是可能不在表面上，據說這裡面還有密室。」

蘭亭亭從她身上跳了下來。「這麼厲害？」

「太后壽宴時曾打開過倉庫大門，房主派了幾個人搬運物品，但具體是如何擺放都是他說了算，其他人也不知道袋子裡面都裝了些什麼。」

正說著，忽然聽到有人大喝一聲，蘭亭亭本能的拉著甘靈兒快跑，甘靈兒方才剛將她托起，此刻本就沒什麼力氣，她們沒跑出兩步，便被兩個巡夜的侍衛扣住。

在蘭亭亭的頻頻求饒下，侍衛商量許久，仍決定上報御前侍衛統領，兩人被帶到城門口的屋子中等候，都還未及被查問，不久後，忽然有人來報。

「御膳房倉庫失竊！」

御前侍衛統領大驚，同樣震驚的還有蘭亭亭和甘靈兒。

她們百般解釋自己根本沒有機會進入庫房，只不過是在圍牆外看了幾眼，統領卻冷漠的踱步了許久，終是叫侍衛將她們二人送往了刑部。

甘靈兒雙目通紅，人嚇得直發抖，蘭亭亭握住了她的手，安慰道：「沒事的，咱們什麼也沒做，不會有事的！」

隔日，刑部將御膳房失竊的消息公布了出去，趙大人在上朝時向皇上稟報了此事，並論斷竊走庫房藏品的人，便是給太后下毒之人。

政。

然而比這個消息更讓人震驚的，是此時太后的身體竟全然康復，又開始恢復垂簾聽政。

「皇上，應當獎賞太醫院女官呂愛卿，若不是她，哀家此刻還躺在病榻之上，難以再為我大燕社稷思量，當重賞。」

太后的聲音平穩有力，絲毫不像是大病初癒之人，眾臣皆連聲讚嘆太后洪福齊天，大燕必有後福。

這兩個消息如同病毒擴散一般，不出兩個時辰便在城中傳播開來。

趙大人回到刑部後，放下了烏紗帽，叫小廝從牢中請來了蘭亭亭。「現在只須等了？」

蘭亭亭揉了揉脖頸，這陰濕的地牢可比天牢差遠了，她只住了一晚就腰背痠痛。

「對，失竊的消息一出，真正下毒之人得知有倒楣蛋為自己頂包，定然十分竊喜，而後又聽說太后的毒解了，定然困惑且懷疑，他下此毒是為了要太后的性命，如今目的未能達成，此人就一定會有所行動。」

趙大人道：「跟妳一起被關進來的小姑娘，可知妳的計劃？」

蘭亭亭被問到了痛處，抿了抿唇道：「她不知道，昨日將她嚇得夠嗆的，所以我才特意囑咐獄卒，給她找個好點的牢房，等這事過去，她也算是立了功。」

蘭亭亭雖然這樣說著，心中卻十分心虛，她顯然是利用了甘靈兒，她只得在心中期待，希望她不要記恨自己。等到事情結束，她自然會負荊請罪，而現在，她必須要先將成雲開撈出來。

但她卻沒想到，這一等，卻不止等了一天。

她許諾給趙大人的日期一日日的過去，而宮中卻是一片的虛假寧靜，皇上早已等待不及，一日之內將他召入宮兩次。

趙大人急得在屋子裡踱步。「這就是妳出的主意？說不定那下毒之人早已跑了，在不在京城都不好說，若是當時我便下令全城搜捕，說不定現在已經找到了人。」

蘭亭亭心中自然更是焦急，聽他如此埋怨，也忍不住口氣不好地反駁。

「趙大人可真是聰明，事發三天才說全城搜捕，前兩天是在等什麼，等他先跑出去嗎？」

「能在宮中下毒，他自然極大可能本就在宮中謀事，我早已封鎖了皇城，又何必攪得滿城風雨？」

蘭亭亭嗤笑一聲道：「趙大人這不也知道該做什麼嗎，又何必以此來埋怨下官？」

「妳！」

「那下毒之人聽到了這等風聲還沒有動作，」蘭亭亭方才猶豫了許久，此刻額角冒汗，終是忍不住將心中所想說了出來。「或許只有一種可能……」

趙大人停下了腳步，站在了她的身前。

「妳說。」

蘭亭亭抿著唇，眉頭蹙成了川字。「那人想行動，卻有心無力，可能是……正受困於人。」

此話一出，趙大人恍然大悟。「妳是說……」

蘭亭亭抿著唇，不再多言。

趙大人叫來了一旁的小廝。「快，去御膳房搜查甘靈兒的住所，從翰林院將她的檔案調出來！」

蘭亭亭閉著眼睛別過了頭，她最不願設想的發展還是發生了，她從不想將矛頭指向任何一個親近之人，但此刻，她卻又不得不懷疑甘靈兒，懷疑一個讓她心存愧疚之人。

她緊握著雙手，手心皆是汗，沙漏不停的提示著她時間在流逝，趙大人早已離開去牢房中問話，她不知道他們會如何對待甘靈兒，她的心底皆是恐懼。

如果她猜錯了呢？甘靈兒將獨自面對因她而帶來的拷問。

但如果她猜對了呢？這是蘭亭亭更不願意去面對的結果。

如果她猜對了，甘靈兒為何想殺太后？長久以來她都有機會，又為何要現在動手，而且還是選擇用成雲開進獻的參茶？

她在下毒的時候，也曾像她現在一樣，考慮過她的處境嗎？

蘭亭亭不敢再想下去，她帶著糾結的心情，終於等到了來報的小廝。

「她沒有陳國背景，也未與陳國人有勾結，但是，她曾去過錦陽。」

錦陽？

蘭亭亭猛地抬起頭來，心中一沈，她頓時明白了，甘靈兒為何會這樣做。

第十八章

錦陽，曾經是個優美繁榮的地方，也是先皇曾同皇后共同遊歷之處。

蘭亭亭隨著帶路的小廝，一路走到了趙大人審訊甘靈兒的房間。

她的樣子是蘭亭亭不曾想過的狼狽，但此時她的神情，又是她從未見過的堅毅。好像一夜之間，曾經同她一起偷吃玩鬧的小姑娘長大了，甚至，變老了。

蘭亭亭紅了眼眶，避開了她的視線站在一旁，聽著趙大人的問話。

「方才我已派人搜查過妳的住處，為何會藏有西域的典籍？妳是何時配製的毒藥，又是從哪裡找到的那些草藥，太醫院中可還有妳的同夥？」

甘靈兒抬頭看著他，對他絲毫不畏懼的樣子，回道：「我已經說過了，我要面聖！」

趙大人回過身來，朝蘭亭亭擠了擠眼睛，示意她出面，自己則走了出去。

屋中只剩下她們二人，場面有些尷尬。

「當真是妳下的毒嗎？」

蘭亭亭沈默了許久，終於還是問出了口。

甘靈兒雙目泛紅的看著她，又移開了視線，沒再回應。

「面聖的事情，我會幫妳去和趙大人提，我只是沒想到……」她嘆了口氣，沒再說下去。

見甘靈兒不準備回覆她，她起了身，準備出去，卻聽身後忽然道：「我本沒想要將妳牽扯進來，至於成大人，是他主動入的局。」

蘭亭亭被這句話說得有些不明所以，她沒再回應，逕自走出門去。

什麼叫做主動入局？難道他早就知道甘靈兒下毒一事，可又為何避而不談，寧願在大牢中等待著別人來評判？

說服趙大人是她現在能向宮中傳遞消息的唯一途徑。作為成雲開的夫人，她已經無法進宮面聖，而趙大人負責督辦此事，有著充足的理由向皇上提出請求。

連前一日蘭亭亭提出找人冒充太后的要求，皇上都同意了，此刻有親自審問真凶的機會，皇上定當不會拒絕。

在蘭亭亭苦口婆心的勸說了一炷香的工夫後，趙大人終於同意進宮面聖，等待他面聖歸來的過程中，蘭亭亭又在刑部等到了新的線索。

來報的小廝在甘靈兒裡衣的袖口發現了污漬，在太醫院的查證下，證明是太后所中的奇毒。

太陽已過正午，趙大人引著身著常服的皇上來到了地牢。

蘭亭亭聽說這個消息的時候，剛從家中取來泉州地圖，與他們在門口相遇。

許久未見皇上，他竟又長高了許多，比她還要高些，身材挺拔，五官長開了些許，不知是近來大燕事態頻發，還是他的確成長飛快，身上少年的氣息已經有些許的退散。

趙大人在前面引路，蘭亭亭默默的跟在最後。

甘靈兒本在閉目養神，見到皇上進來，盯著他道：「民女甘靈兒見過皇上，有些話想單獨與皇上講。」

趙大人喝道：「妳休想乘機再謀害皇上！」

甘靈兒笑了起來。「大人已將我的四肢都桎梏住了，我哪來的本事做這些事？」

皇上對趙大人擺了擺手，示意他出去。

趙大人只好看了眼同在屋中的蘭亭亭，示意她同自己一起離開。

「阿蘭留下。」

皇上的聲音不大，卻讓蘭亭亭一驚，趙大人只好自行先退離。

甘靈兒看了眼門口的蘭亭亭，對皇上道：「民女的母親姓白，單名一個芝字，芝蘭玉樹的芝。」

皇上忽然站了起來，神情動容，激動地讓蘭亭亭將門關上。他走到了甘靈兒的面前，仔細端詳著她的五官，聲音有些顫抖。

「怪不得，怪不得我見妳總覺得眼熟……」

甘靈兒抬頭看著他，眼中含著淚水。

「妳為何早不告訴我？」

甘靈兒沈默了許久才道：「我又怎麼知道，當年是不是皇上殺害了我娘？」

皇上憤怒地後退了兩步。

「放肆！那是朕的乳母，怎麼可能！」說罷，他彷彿這才想起來他們為何會在此有這樣的對話，他忽然震驚地看著她，不可置信的問道：「妳是說，母后與乳母的死有關？」

甘靈兒死死的盯著他，冷笑一聲，點了點頭。

「這不可能！」皇上有些慌張的退後了幾步，抵在冰冷的牆壁上。「當初是母后選中了她，成為我的乳母，她明明是在出宮後才落了難，且她同朕說過，是她自己倦了，想要離開，母后還曾挽留過她！」

甘靈兒搖著頭笑道：「原來皇上也被她騙了，她最會裝好人了。其實，正是太后賜給我娘白綾的，她根本沒有出宮，到死都是死在宮中，就在太后的寢宮，她連死前寫的家書都未曾寄出過，一輩子被困在宮中，只為了照顧殺了她的女人的兒子。

「皇上，你可曾想起過她對你的養育之恩？你每一次在太后面前提起她，都是將來太后想要刺進她胸口的刀。她後來之所以避而不見你，是在自救，可你卻什麼也不懂，她畢竟將你餵養長大，一邊知道自己逃不過死亡的命運，一邊又的確捨不得你，她才又回到你的身旁，看著你撲進她的懷裡，數著自己僅剩的日子。」

甘靈兒說完，已是滿臉淚痕。

「你可還記得她當初離開之前，時常對你說的話？」

皇上跌坐在審訊的椅子上，聲音顫抖道：「母親叫我，不要忘記她，千萬不要忘記……」

「不錯。」甘靈兒低下了頭。「她從生下我後便離開了家鄉，我隨著她走過的路一路去尋她，到了錦陽才得知，當年先皇曾同皇后在此遊歷，母親被皇后選中帶入宮中成為了太子乳母。她將從未給予過我的母愛都給了你，皇上，你可知道我有多羨慕你？」

講到此，她呵呵冷笑了一聲。

「但當我知道她死在宮中，而你又對那個老毒婦百般依賴的時候，你又知道我有多噁心，有多恨你嗎？我替她感到不值，可我什麼也做不了。這宮中，誰人不知道熙王想要奪權，但卻沒有人想過，那個女人在太后的位置上，早就奪走了你的權，而你卻心甘情願的叫著她母后，任她將自己的勢力植根朝野。你可知道，她為了塑造母親在宮外遇難的騙局，放任錦陽的山匪肆意屠殺當地的百姓！」

甘靈兒的聲音因憤怒而顫抖，她喝道：「這就是你心中愛民如子、慈祥溫和的母后！皇上，醒醒吧，那是你的一廂情願罷了！她從來愛的都只是權力和你死去的哥哥！」

「閉嘴！」

皇上大喝一聲，不知道哪裡來的力氣，忽然衝上前掐住了甘靈兒的脖子，將她頂了起來。

「妳閉嘴！朕殺了妳！」

蘭亭亭本在一旁沈默的消化這些話語，此刻見狀連忙上前，她沒有碰觸他，只是在他的身旁輕聲道：「皇上，保重龍體，切莫動氣！」

皇上這才將將冷靜了下來，他鬆開了手退了幾步，跌坐在木椅上，卸了力般沈默著。

甘靈兒咳了許久，才緩了過來，又對皇上道：「我既然將這些說了出來，就沒打算活著離開。只可惜，老天不開眼，太醫院竟然真的能找到救她的藥方，或許當真如古語所言，好人不長命，禍害遺千年吧。」

那是蘭亭亭之前設的騙局，而她此刻卻無法告訴她。

在許久的沈默之後，皇上恢復了平靜，開口道：「不，妳沒有失敗，母后現在還未能醒來。」

甘靈兒聽罷，忽然揚起了頭，彷彿在看著她的娘親，淚珠從眼角滑落，她笑了兩聲，嘆道：「我成功了……」

「妳是何時知道這些的？可有證據？」

甘靈兒沒有看他。「證據有什麼用？你會昭告天下她是個什麼樣的人嗎？會因為她殺了人而與庶民同罪嗎？若是不會，我留著再多的證據又有何用？」

皇上緊咬著唇，默不作聲。

甘靈兒在他的沈默中又笑了起來。「她做的每一件事，我都記錄了下來，藏在御膳房外的老樹下面，皇上若真的想看、想知道，便自己去挖吧。」

蘭亭亭心下一驚，她當真已經抱著必死的決心，不給自己留一點後路。

但令她更沒想到的是，皇上當真去了御膳房的老樹下，當真親手從泥土中挖出了甘靈兒埋下的東西，然後風風火火地回了宮，清除御膳房一干人等。

房主在院子外焦急的踱步，小心翼翼地問著蘭亭亭，是否是因為甘靈兒被扣押一事而牽連了御膳房。

蘭亭亭只是搖了搖頭，皇上命她在外面等著，終於等來看守的御前侍衛統領傳來訊息，她才連忙進入。

御膳房裡，皇上正對著一地狼藉垂著頭，她不敢靠近，遠遠的等著，手中拿著泉州的地圖。

又一陣風吹過，颳走了皇上眼前的幾張宣紙，他彷彿此時才回神，緩緩開口。

「妳說，我該信她嗎？」

蘭亭亭一怔，走到了他的身旁，跪坐了下來。

「想必皇上心中早已有了論斷。」

皇上痛苦地捂住了腦袋。「她為什麼要這樣做？她讓我該如何自處？」

這個「她」卻與方才不同，說的是太后。

蘭亭亭安撫的把手放到了他的背上。「皇上莫要如此自苦，那並不是您的過錯。」

他忽然埋著頭哭了起來，蘭亭亭看著他瘦削的背影，此時才又覺得，他並不是什麼高高在上的皇上，只不過是個還未變聲的孩子。

他哭了一陣，忽然抬起了頭，他的眼神變得陰沈起來，喃喃自語道：「她若是沒有出現，我還可以自欺欺人。為什麼，為什麼她要打破這種平靜？」

他並不需要蘭亭亭的回應，只需要有人傾聽。

「她以為我真的一點都沒有察覺嗎？母后是什麼樣的人，不會有人比我更瞭解，但只要沒有證據證明她真的殺害了母親，我都不會傷害她，她畢竟是我唯一的親人了。」

他拉過了蘭亭亭的袖子。「妳說，每日午夜夢迴，她就不會怕嗎？」

那一天皇上很晚才離開御膳房，蘭亭亭跟在他的身後，原本在她手中的泉州地圖，已經轉交到了皇上的手中。

在御膳房前，皇上終於放了她離開，也許了她讓成雲開出獄。

而在門口，除了御膳房房主，蘭亭亭還看到了一個久別之人，程玉如，太醫院最初的女官，她本不該出現在這裡。

皇上看到她時也分外震驚，她不請自來，神情卻依然帶著些許的不耐。蘭亭亭這才想起她曾跟隨過太后多年，於情於理也應該來宮中探視，旁人自當不會覺得有何奇怪，但她卻有些不太好的預感。

第二日，太醫院便傳來了程玉如自殺的消息，蘭亭亭聽到時只覺得空落落的，卻並不吃驚。

小廝描述著她的死因，是服了毒，牽機藥，她的死狀極慘，他從未見過有人這樣自殺的，所以偷偷地猜測著她被誰殺了。

蘭亭亭苦澀地笑了笑，卻知道她並非被人謀殺，而是終於受不住內心的煎熬，在太后得到應有的懲罰後，選擇了跟皇上開誠布公。

蘭亭亭想，她死得這樣乾脆俐落，或許是為了將甘靈兒的命保下來。

當日，趙大人向世人公布了太后下毒一案的元凶。

甘靈兒利用西域奇毒和慢性毒藥謀殺太后未遂，已被賜死的消息遍布全城，太醫院、御膳房一片譁然，與她平日相處甚好的女官們只敢偷偷落淚。

而蘭亭亭卻長舒了一口氣，是賜死而不是問斬，足以說明程玉如的死的確保下了她的性命，皇上許是念在她是乳母唯一的親生子嗣，放過了她。

真正令蘭亭亭驚訝的卻是趙大人說她使用了兩味毒藥，無論從何角度來看，這都並不合理，除非，她是認下了不屬於她的罪名。

所以當她到大牢中接回成雲開時，問的第一句話，不是你可安好，而是——

「太后的慢性毒，是不是你下的？」

在天牢待了兩日，成雲開此時不似她當初出獄般神采奕奕，消瘦了許多，臉龐的稜角更為突出。

他半帶笑意道：「沒想到為夫的在這裡受苦幾日，妳第一句話卻是關心別的女人。」

蘭亭亭一聽他的話，便知道他是默認了自己的所作所為，她不悅道：「為什麼不提前告訴我？萬一甘靈兒沒有認罪，此事真會追究到你的頭上，我可不想年紀輕輕就當寡婦。」

成雲開揉了揉她的臉頰。「夫人切莫生氣，她之所以在我獻禮的參茶中下毒，就是看出了我的目的和她一致，我甚至算是幫了她，若不是我之前下的慢性毒藥，以妳的老東家太醫院那幾位太醫的能力，還是能將她救回半條命，甘靈兒感激我都還來不及，不會出賣我的。」

「我卻是從未想過，太后是這樣的人。」蘭亭亭嘆道。

成雲開挑眉。「那看來，在妳過去的世界裡，哪怕能看到這兒，也看得並不真切。熙王將她視為真正的敵人，對她所做的那些破事，我甚至比程玉如知道得都多。」

「程玉如自殺的事你也知道了？」

成雲開笑道：「別以為就妳會在牢裡拓展人脈。」

蘭亭亭揚眉，捏了捏他的臉頰。「那你還瘦得就剩層皮？都變醜了！」

成雲開揉了揉被她捏過的臉頰，輕笑道：「那就只有夫人會要我了，夫人可不要拋棄為夫啊。」

蘭亭亭輕笑一聲，向前快走了兩步，又忽然回身抬手道：「對了，泉州的地圖我已經交到了皇上手中，但他當時情緒並不穩定，我沒再多提什麼。我已給他寫過密信了，他應當已經知道陳國的態度，太后之前主和，熙王主戰，他不得不隨太后主和。如今熙王倒臺，太后病重，將來大燕會是他來主事，皇上的心思不好猜，但最晚明日，他也該做決斷了。」

成雲開微瞇了眼睛。「他將我押入牢中，表面上是為了太后，實則是在警告我，我們這個小皇上呀，也遺傳了太后的心眼。」

蘭亭亭又如何猜不到？她點了點頭道：「他讓我留下時，我便知道他是故意的，將你我捲進他的家事之中，便是為了讓我們將這事散播出去，他自然不可能向世人宣布太后的劣跡，而風言風語才是百姓最喜聞樂見的消息。」

成雲開摸了摸蘭亭亭的髮髻，笑道：「又要變天了。」

他們剛走出天牢的大門，曬著溫暖的斜陽，忽然收到了皇上急召入宮的消息。

景元殿仍舊巍峨的屹立在那裡，長長的石階仍舊靜默的躺著，而這殿中卻已然換了主人。

空盪盪的大殿中，只有皇上一人端坐在龍椅之上，風吹過大殿，一旁的珠簾碰撞出清脆的響聲。

「泉州山匪的消息，」皇上忽然開口。「成愛卿可有證實？」

見他開門見山，成雲開也直抒己見。

「雖未每處都進行核實，但臣已派人到其中幾個地點察看，確有糧食和藥草遺留的痕跡。陳國既已做好了籌備，無論大燕是否打算開戰，我國邊境都應當做好準備。」

「以成愛卿之見，這一仗究竟該不該打？」

成雲開抬頭看著與他相距甚遠的皇上，他的聲音堅定，底氣十足。「臣以為，這並非是該或不該打，而是何時開打。」

太后中毒一案發生得很快，結束得也很快。

皇上隔日上朝時獎賞了太醫院中妙手回春保住太后性命的幾位太醫，當中最受封賞的便是呂羅衣，她成功晉升了副院之位，皇上還藉著太后身體康健，理應普天同慶之名，將她賜婚給同為副院的孟樂無。

這本是天大的好事，蘭亭亭卻感到背後一陣涼意，只因在那珠簾之後的「太后」，不過是當初她獻計時冒名頂替的傀儡。

她看了看遠處托舉著如意面色如常的趙大人，這才意識到，原來她是給皇上做了嫁衣，趙大人本就是皇上的人。

怪不得不過一炷香時間的勸諫，他便對她的計劃全盤接受，半天之中便尋來了一個與太后身形、聲音如此之像的女人。

而這一日，皇上也在上朝時宣布，將重新考慮對陳國的邊境舉措。

此話一出，堂下一片譁然，上將軍雲旗立即站出來主動請纓率軍前往邊關。成雲開也上前立下軍令狀，願赴邊關督戰，輔佐雲旗將軍旗開得勝。

皇上龍顏大悅，群臣情緒激昂。

蘭亭亭站在成雲開不遠處，看著他的背影，卻有了隱隱的擔憂。與陳國一戰，雖然他前世曾經經歷，但這一世情況又有了諸多變故，能否如他所說旗開得勝、大勝歸來，還尚未可知。

回到翰林院後，成雲開召集來全部的學士，將他承旨的工作全權交託到了蘭亭亭的手中，並囑咐他的副手聽從蘭亭亭的安排。

將一切安排妥當後，成雲開揹著行囊準備出門，蘭亭亭卻遲遲不從臥房出來送他。

他索性將包袱扔給小廝，親自去後院找她，沒想到在路上就見到她也揹著同樣厚重的行李盈盈走來。

蘭亭亭對他笑了笑道：「走吧！」

「妳這是要做什麼？」成雲開搖了搖頭，取下了她的行李。

「我自然是要和你一起去。」蘭亭亭抬著頭笑著說：「雖然我是個假大夫，但也自學了許久的醫術，怎麼也能當個合格的軍醫了。」

成雲開揉了揉她的頭髮。「在家等我回來，最多一個月，我想讓妳看到我凱旋而歸的樣子。」

蘭亭亭一臉失望，忽然低下了頭，沈默了許久，吸了吸鼻子道：「我好不容易有了一個新的家，你為什麼要把我丟下？」

成雲開輕嘆了口氣，攬過了她的身子，將她擁入懷中。

「聽我的，妳從未上過戰場，沒見過橫屍遍野的樣子，我希望妳永遠都不必去經歷這些。」

蘭亭亭靠在他的胸膛，悶著聲道：「你一個文臣，又何時見過？」

成雲開笑了笑。「我是見識過燕陳之戰的人，對他們的戰術相當熟悉。夫人，妳得相信我。」

蘭亭亭頂在他的胸口前，兀自用著力，卻不說話。

成雲開無奈的拍了拍她的背，後退了半步，蘭亭亭一個脫力，撲進了他的懷中。成雲開得逞地壞笑，扶正她的身子，對她認真道：「妳好好在京城替我守著翰林院，待我回來，還有更多的事要做。」

蘭亭亭抿著唇看著他。「打完仗，我們就離開好不好？熙王已經倒臺，太后也不會再醒來，皇上已經能夠獨當一面，你也該功成身退了，不是嗎？」

成雲開的臉色微微一沈，他別開了頭，看向遠方的烈陽，沒有回應。

蘭亭亭卻已經知道了他的答案，她來到這裡本就無欲無求，只想著能安安穩穩過一生，但成雲開卻不同，他是揹負著上一世的痛苦和失敗重生而來的，她能夠理解他想要得更多，而那些對她而言其實並不重要。

成雲開收回了視線，將她的行李放到了一旁，在她的額頭落下一吻，湊到她耳畔輕聲道：「等我。」

然後，便頭也不回的奔赴了他的戰場。

邊關開戰的消息飛快的傳來，離成雲開從府中離開已經過去了五天，蘭亭亭此刻正坐在呂羅衣和孟樂無婚禮的宴席上，她受邀而來，在太醫院的一眾醫士身旁入座。

而這一桌上與她熟識的人，只剩下了羅遠山。

他的面色更為蠟黃，自太后中毒一事過後，似是忽然老了很多。但幸而老頭兒今日心情很好，一邊嗑著瓜子、一邊跟著起鬨。

蘭亭亭看著被他們起鬨喝得滿臉通紅的孟樂無，也忍不住起鬨起來，想不到一個平時鮮少露出笑容，總是一副鶴立雞群模樣的他，竟然也有現在這副左右腳互絆的滑稽模樣。

她笑著笑著，忽然想到了他們成婚那日，成雲開那日也喝了許多的酒，他在外面應付旁人的敬酒時，會不會也是這副模樣？

真可惜，當時她正躺在床上生著悶氣，沒機會見識這樣的場面。

她也嗑起了瓜子，笑著盯著左搖右晃的孟樂無，想把他此刻的狼狽樣記住，回頭都說給呂羅衣聽，讓她得了機會取笑取笑他。

「傻樂什麼呢？」羅遠山看不下去，拍了下她的肩道：「想妳成婚那時候呢？」

蘭亭亭被一眼看穿了心思，呵呵一笑。

羅遠山摸了摸自己的長眉，得意洋洋道：「成雲開當時是什麼模樣，我可記著呢，妳巴結巴結我，我就告訴妳！」說著揚起了頭，一副等待恭維的模樣。

蘭亭亭連忙抱上了他的胳膊，一口一個好院長的叫著，羅遠山聽得樂呵，眉飛色舞道：「他那個時候還不如樂無，妳看，好歹我們樂無說話還是清楚的，成大人嘛，舌頭都捋不直了！」

「噗！」

蘭亭亭聽罷，更加遺憾可惜古代還沒發明攝影機，不然真該將他那副模樣錄下來，在他惹她生氣的時候反覆觀賞。

宴席在一片祥和的歡慶聲中，漸漸落下了帷幕，蘭亭亭喝了點小酒，開心地告辭離去。

為了醒酒，她特意不乘坐馬車，走在回府的路上吹著小風，散著酒氣。

待回到府中已是深夜，她疲憊的倒在了床上，卻沒有人再將她的外衫脫下，蓋好被子。

夢中她看見了在邊關營地的成雲開，他穿著鎧甲、戴著頭盔，深邃的五官竟也給旁人幾分他是個英勇無畏的將軍的錯覺。

許是夢到了他，蘭亭亭這一覺睡得十分香甜，卻也十分長久，再一醒來，太陽已經曬了屁股。

她匆忙收拾了下自己，連忙衝進宮中，幸而昨日呂羅衣的婚禮不只她一個人宿醉，皇上提點了幾句最後進殿的大臣，這當中竟沒有她的名字。

她正喘著氣暗自竊喜，忽然聽到皇上道：「邊關戰況吃緊，即日起由太醫院羅遠山領隊前往灤西，支援邊關。」

呂羅衣和孟樂無才將將完婚，皇上定然不會派他們出馬，但羅遠山近來身體不好，這長途跋涉對普通人而言不過累了一些，但於已有年紀的院長而言，卻可能會造成更重的病症。

蘭亭亭不知道從哪裡來的勇氣，上前一步道：「皇上，阿蘭願請命領隊前往灤西。」

皇上愣了一下才笑道：「阿蘭愛卿這是要代表太醫院，還是翰林院？」

蘭亭亭行禮道：「回稟皇上，翰林院當前有副掌院暫代承旨一職，阿蘭不才，懂些兵法，又略懂醫術。羅大人年事已高，邊關地勢不如京城平緩，論在當地的行醫能力，阿蘭自認能強於羅大人，望皇上明斷！」

皇上思考了片刻，揚了揚手，准了她的請命。

羅遠山側過頭來感激得看了看她，她會意地朝他眨了眨眼。

蘭亭亭在太醫院籌備好了幾車藥草，又向呂羅衣討來了幾本外傷的醫書，回家研習了通宵，第二日一早便頂著濃重的黑眼圈，坐上了一路向西的馬車。

過了臨即之後的路便不那麼好走了，太醫院一行人越近邊關，當地的百姓就越發警戒，宛如驚弓之鳥，對他們的到訪帶著些許抗拒。

蘭亭亭並不奇怪，畢竟他們每走過一個村子，都會在當地再採集些草藥，許多依山而建的村子裡，很多人都像千岐山的長貴一般以採集草藥為生，他們的到來，擋了人家的生路。

但事急從權，燕國並未對藥草有足夠的儲備，此刻太醫院被趕鴨子上架，也只能採取這樣的辦法，不過，他們在離開時，會給當地百姓留下一些糧食。

前面不遠處便是灤西下池鎮了，蘭亭亭雖從未來過，卻早已從秦豐的口中聽過無數遍這個地方。

但此刻來到這裡，她卻發現此處與她所想的並不相同。

許是此地危險，當地的百姓已被疏散去了別的村子，附近幾個村落都不怎麼熱鬧，他們離前方的軍營只有十幾里的距離了，為求保險，蘭亭亭命大家先行在此住下，自己則帶了幾個親信，繼續向西前進。

西邊需要橫跨一條幾十公尺寬的大河，偏偏岸邊連條木船都沒有，只有對岸有些歪七扭八的船隻。

蘭亭亭心下一驚，軍隊竟然已經將渡河的船隻砸爛，做好了背水一戰的準備！

他們不得不改變思路，向那河的上游走去。

待上了山，蘭亭亭又有了新的發現，鎮痛止血的藥草可以說是隨處可見，可見連老天爺都在幫他們。幾個人連忙先行採集了藥材，然後才又繼續向前。

快翻越山頭時，蘭亭亭忽然聽到了遠處傳來哼哧哼哧的粗喘聲，她連忙讓大家俯下身躲藏。

這聲音她有些熟悉，在千岐山時曾聽到過，哪怕不是野豬，也是龐大的野獸！

這山上沒有路，平時鮮少有人經過，他們的突然出現顯然驚動了生活在這裡的其他生物，她看了看周圍手無寸鐵，和她一樣柔弱的醫士們，在兜裡連忙翻找可以用的毒藥。

為了以備不時之需，這趟出門她不只帶了藥材，還將太醫院儲備的毒藥也偷拿了些許。

下毒的確不光明正大，但是在關鍵時刻卻可以防身。她藉著幾棵粗壯的老樹做掩護，向那聲音發出的地方慢慢挪動。

蘭亭亭爬上了其中一棵樹，在其他人驚異的目光中擰開了一個藥瓶，穩穩的砸在那頭野豬的背上，瓶蓋瞬間掉了，泛著橙色的煙霧瀰漫開來，野豬一驚，哼哧哼哧的向前跑了幾步，忽然身子一歪，倒在了一旁。

蘭亭亭觀察了半天，見牠不再抽搐，煙霧徹底消散，才從樹上下來，捂著鼻子上前看了看，踢了兩腳那野豬，確認牠已徹底歸西，才叫後面的人趕緊過去。

跟隨她的醫士們無不驚嘆於她的膽大心細，一個比他們矮了半頭的柔弱女子，卻在最危險的時候救了他們的性命。

他們一路感激著她，終於到了營地，還不忘將她路上的壯舉說給遲來的成雲開聽。

蘭亭亭心道不好，卻也攔不住那幾位沒見過世面的醫士誇誇其談，只得尷尬的看著成雲開的臉色越來越黑。

雲旗將軍早已有了家室，自然知道他們二人相見卻並未講話是因為什麼，連忙將那些醫士請了出去，協調藥草運送一事。

屋中便只剩下他們二人，成雲開黑著臉，終於憋不住道：「怎麼回事？」

蘭亭亭裝糊塗。「什麼怎麼回事？」

成雲開不悅道：「妳怎麼跟太醫院的人一起來了？」

「皇上心疼羅大人年邁，便命我替他來了。」見他眼中流露出了狠戾的神色，蘭亭亭又連忙補充道：「也是我自己想來。」

成雲開抿著嘴，無奈地蹙眉道：「妳知道短短幾天，我們損失了多少人嗎？戰場不是玩笑。」

蘭亭亭也斂了玩笑的神色，認真道：「我自然知道，我來是救人來的。」她說著，指了指成雲開右臂上的繃帶。

「沒有草藥，當地的大夫只能給你們包紮到這種程度，我沒看錯的話，這是幾天前的傷了，現在還在流血，我若不來，你哪天失血過多死了也說不定！」

成雲開被她噎了一下，見她從懷中掏出草藥來給他包紮，又說不出什麼嚴厲的話來。

蘭亭亭卻像是打開了話匣子。

「我不來，自然也會有別人來。但我偏要來，你要是想玩命，我陪你一起玩，憑什麼就讓我在千里之外每天膽戰心驚，你也得受著！」

成雲開難得乖巧得像是被老師訓話的學生，沒有反駁她，心中浮現一陣暖意。

原來在這個世界上活著，被人牽掛的感覺是這樣的，他不禁有些沈迷，像是第一次吃到糖果的小孩，產生了依賴。

「再說了，」蘭亭亭在他耳畔輕聲道：「我也不是純粹為了送些藥草，自然還帶來了你想知道的消息。」

成雲開猛然回頭，鼻息落在蘭亭亭的耳畔，她感覺有些癢，忍不住站起了身，看著他得意得笑了起來。

「你以為這幾日我在翰林院就領個閒差無所事事嗎？」蘭亭亭得意得揚了揚下巴。「陳國在京城還養了幾個密探，我已將最新的布戰消息散播了出去，哪怕是街頭賣包子的小販，也都知道大燕將要在灤西南北兩地布兵，三日後包抄陳國大軍。」

成雲開揚眉笑道：「哦，在前線的我竟然不知道。」

「我信口胡謅的點子，你又怎會知道？」

當蘭亭亭將此假情報告知雲旗將軍時，雲旗同樣當真了。

他看著營帳中掛在前頭的燕陳接壤地形圖，托著腮沈思，許久才狐疑地指著當中幾個位置道：「灤西南北兩地，一處是高山峻嶺，一處是深湖淺灘，怎麼也不適合在此布兵，就算想從此地攻打陳國，但是對方在此地也無城鎮，難以駐紮，後續補給一旦被切斷，我們便是甕中之鱉。」

他看了看一旁胸有成竹的蘭亭亭，問道：「這消息妳覺得陳國人可能會相信？」

蘭亭亭搖了搖頭。「八成不信，兩成相信。」

「若是不信，那妳散布這個謠言給他們又有何用？」

成雲開本在一旁聽著，忽然開口道：「我若是陳國的軍師，自然會想，敵方散布這個謠言的目的是為了讓我方在這兩處增兵，然後下一步敵方便會集中兵力從正面突進，向外延伸。」

「所以，」雲旗的手劃過方才的兩個地方，落在了地圖的正中。「他們反而會在這裡加強防守的兵力。但這也正是咱們與他交鋒的地方，他們增強了兵力，對我方並無好處，除非……」

他頓了頓，有些驚詫的看著蘭亭亭，後者點了點頭，笑道：「除非，我們當真要在這兩處起兵包抄。」

「這不可能！」雲旗立即反駁了她的提議。「這種地勢，士兵們翻山渡河之後體力早已不支，而對方陣地易守難攻，只要發現我們的一點風吹草動，便會立刻開戰，對我方來講是極大的劣勢。」

蘭亭亭道：「兵出險招，才能出其不意。」

成雲開起身阻止了二人無意義的爭執，他看了看地圖上蜿蜒的大江，對蘭亭亭道：「你們來時在山上遇到的野豬，可還能抓來幾隻？」

蘭亭亭愣了愣，點了點頭。「除了毒藥，我還帶了迷魂散，應該夠弄來幾隻。」

成雲開忽然笑道：「這幾日的仗打下來，想必雲將軍也對陳國的能力頗為清楚了，客觀來說，我們是不分伯仲，各有千秋。若繼續這樣規規矩矩的打下去，一旦敵方有變，我們就會處於被動，倒不如依夫人所言，嘗試一下奇招，打他們一個措手不及。」

「可是……」

「雲將軍，請聽我把話說完。翻山越嶺的確損耗頗大，也並非幾日便能達成，所以在此之前，不如我們弄些新鮮玩意兒，一來，能擾亂他們的軍心，二來，能看出他們作戰的態度。」

雲旗疑惑地看著他，卻也有了些興趣。「願聞其詳。」

屋外的士兵在寒風中站著崗，終於等來了換班的人，正打了個哈欠準備回帳篷裡休息片刻，卻見雲旗從營帳中出來，吩咐道：「兩天之內，從來時的山上給我抓十頭野豬來！」

那士兵傻站著，震驚得看著他，掏了掏耳朵，以為自己聽錯了。

雲旗見狀一巴掌拍在他的肩頭。「快去！」

士兵這才反應過來，高聲喊著。「是！」而後飛快地跑走了。

兩日後，雲旗看著新圍的豬圈裡的二十餘頭野豬，滿意地點著頭，野豬們正吭哧吭哧地瞪著他，若不是被拴住了脖子，像是恨不得下一秒便將他撞飛出去。

「將這些野豬分成兩組，從下池鎮南北兩頭將牠們趕過去。」

一旁的士兵一個個面露難色，其中有膽大的說道：「將軍，這不是給人家碗裡送吃的嗎？」

「你懂什麼！」雲旗一抬手，一本正經道：「咱是要半夜讓他們不好過，先吹衝鋒號，再放一隻過去，等他們抓完野豬正要睡著，再放一隻過去，這十幾隻豬是要用個七、八天的，你們得給我省著點用！」

那士兵一拍腦袋，明白了他的用意，忍不住咧嘴笑了起來。「將軍，您這主意可夠壞的！」

雲旗想起了成雲開壞笑的模樣，忍不住也嘆道：「的確，真是個壞胚子。」

成雲開在帳篷裡翻閱著邊關各地傳來的書信，忽然打了個噴嚏，他站起身來，將手伸到棚子外面，感受了下屋外的溫度，還可以，與前幾日差不多，他揉了揉鼻子，難道是感染風寒了？

蘭亭亭卻忽然笑道：「許是有人在罵你呢！」

成雲開坐回了椅子上，也笑道：「怎麼就不是有人在想我？」

「哦？」

蘭亭亭站起身來，挑著眉走到了他的身側。

「我可沒想你，難道是哪個被成大人姿色給忽悠了的小丫頭正在惦記著你？」

成雲開佯裝失望地搖了搖頭。「唉，為夫心痛啊。明日便又要上戰場，連句軟話都難以從夫人口中聽到。」

蘭亭亭本與他鬥著嘴皮子，聽這話不禁驚訝道：「明日何處開戰？」

成雲開指了指地圖上，離這裡不遠的一處村子。

「這裡打贏了，便可以將駐軍再向西移二十餘里，將敵軍逼退進城，那城牆只有西邊一條補給路線，適合我軍包抄，相較於現在的位置，事半功倍。」

第二日，這一仗贏得非常漂亮，蘭亭亭在留守的營地裡接回餘下的太醫院醫士時，接到了成雲開傳來的向西推進二十里的命令。

待軍隊到了新的營地，蘭亭亭在柵欄外面遇到了一位不速之客，是來自陳國的使者。

起初她並沒有發現他的不同，是在回身進院時聽到了他與門口守衛交談的聲音，蘭亭亭才猛然驚覺，記起此人的聲音在何時聽過。

他便是她在泉州被山匪挾持帶走後，在後院偷聽到對話的那個陳國人。

她沒有當場上前確認他的身分，而是連忙將揹著的草藥給了身旁的醫士先行處理，自己則趕去了成雲開的營帳，將此事告訴他。

話音剛落，便聽到外頭士兵來報，說陳國議和的使者求見。

成雲開輕笑一聲。「戰事膠著的時候不來議和，現在節節敗退，退到了城裡面，倒美其名的來議和了。這哪裡是議和，分明就是求饒。」

蘭亭亭卻有些擔憂道：「此人在泉州時也是陳國的主和派，若是他們能給出合適的條件，了結兩國紛爭，減少不必要的傷亡，倒也不是不能談。」

成雲開微瞇著眼睛道：「妳怕是高看了他。」說完，他轉頭對那士兵道：「讓他進來吧。」

使者在士兵的引領下進入了營帳，蘭亭亭畢竟不是駐軍將領，不在其位、不謀其政，便先行離開。

他們在屋中談了許久，到了晚飯時間還沒有出來，蘭亭亭在門口站了一會兒，正要稟報進去，卻見那使者頗為氣憤地走了出來，沒說話，路過蘭亭亭時，狠狠地看了她一眼。

蘭亭亭丈二金剛摸不著頭腦，進了營帳問道：「你把人氣跑了？」

成雲開靠在椅背上閉目養神。「頭痛。」

蘭亭亭走到了他的身旁，雙手輕輕撫上了他的額角，揉了起來。「談不攏就打，本就不是燕國挑起的戰亂，不必有什麼負擔。」

她這才注意到成雲開手中握著一封信，他睜開了眼，將信展開在蘭亭亭的面前。

「不是我有負擔，是皇上。」

蘭亭亭接過那信，細細看著。

「皇上或許是怕你戀戰吧！現在已將陳國人打回他們的邊境，邊關百姓也不想再多消耗。」

成雲開卻道：「妳來得晚些，沒看到我們來時邊關百姓的激動和振奮，皇上許是聽信了那些個文臣的讒言才有意和談，其實這一仗的確耗費眾多，但卻勢在必行，將陳國邊關駐軍打退還遠遠不夠，要將他們打服，才能護大燕邊境幾十年無憂。」

蘭亭亭忽然想起了秦豐，他本是村子裡無憂無慮的少年，卻因為兩國邊境紛亂不斷而家破人亡。她忍不住輕嘆了一聲，來的路上，她已派人去百姓遷移的地方打聽，試圖找到秦豐的父母，卻得知他們已經在春節的前幾天不幸被陳國士兵殺害。

秦苒當初的委曲求全如今看來又能求得幾時呢？倘若命運都是被別人握在手裡，一味的退讓根本換取不到任何想要的。

成雲開將她攬入懷中，見她眉頭微蹙，忍不住安慰道：「別擔心了，皇上雖召我回京，但將在外，君命有所不受，我自不會久戰，這幾日我已與雲將軍制定好了終戰的戰術，再過幾日，便能得勝歸朝了。」

蘭亭亭聽著他平穩強健的心跳聲，也放心了下來，她抬起頭蹭了蹭他因疲憊而微顯的鬍渣，有些磨人，卻並不疼，笑道：「你且放心去打，有我做你的後盾，就算你只有一口氣在，我也能把你給救回來！」

成雲開挑眉，佯怒道：「夫人這話說的，聽著倒像是在咒我般。」

蘭亭亭調皮地衝他笑了下，退後兩步道：「再厲害的軍師也得吃飯，走吧，先去吃飯。」

剛走出營帳，她忽然被遠處的一束光晃了一下，下意識後退了半步，撞在成雲開的身上。

她警覺心起，暗道不妙，連忙一邊大喊著。「有刺客！」一邊將身後的人又推入了帳中。

成雲開被她這一推，同時見遠處嗖的飛來一支利箭，連忙抓帳簾去擋，卻已來不及。

眼見飛箭將要射到他的胸膛，蘭亭亭忽然撲過來為他擋了這致命的一箭！

他連忙抱緊她轉過身去，撐著她倒在地上，此時拉著她的手感受到了一股熱流淌過，成雲開顫抖著呼喊她的名字。

「蘭亭亭！」

蘭亭亭只覺得痛，已經不記得有多久，從未有人喊過她的本名了，她在睏意中掙扎著睜開眼，只見成雲開的臉上濺上了她的血，她想抬手撫平他緊皺的眉頭，擦乾他滿臉的淚跡，卻沒了力氣，氣若游絲道：「我沒騙你吧，做你的後盾……」

成雲開緊抱著蘭亭亭不敢動彈，他按住了她肩頭的傷口，青筋暴起的喊著太醫。

聞聲而來的雲旗見狀連忙命人將太醫帶來，又向那來箭的方向看去，士兵們早已將射箭之人抓入了營中。

太醫總算揹著箱子緊趕慢趕地進入了營帳，並讓成雲開將人抬到一旁的長桌上好作治療。

「都出去！」成雲開緊緊的看著躺在桌上面無血色的蘭亭亭，頭也未回的喝道。

待旁人都走了出去，太醫才拿了剪刀剪開她背後的衣物，過程中扯動了傷口，她疼得忍不住哼了幾聲，成雲開緊握著她的手，安撫的摸著她的髮髻。

太醫將麻藥敷在她的傷口附近，又取來了一塊乾淨的白布，有些為難的對成雲開道：「成大人，阿蘭大人這傷口太深，又流了太多的血，必須要先將這箭拔除，再縫合傷口，可能來不及等麻藥完全生效。」

成雲開看向她滿是虛汗的額角，在她耳畔道：「痛的話就握緊我的手。」

他將她的腦袋輕輕扶起，把白布摺了幾摺，放入了她的口中，對那太醫點了點頭。

太醫心中也萬分緊張，他擦了擦額角的汗，一隻手扶著剪過的箭尾，一隻手按住了蘭亭亭的肩頭，長呼一口氣，猛地一下將那箭頭拔出，血濺了一身。

蘭亭亭在昏厥中痛呼一聲，口中的白布掉在地上，頭一歪暈了過去。

成雲開被她握緊的手痛得發麻，但更痛的是他的心，他的眼角發紅，一言不發的看著太醫小心翼翼的縫合著傷口。為了減少失血，太醫不敢縫得太過細緻，但又恐太過粗糙留下疤痕難以交代。

終於在一炷香後，完成了縫合，他拿來了藥草敷在上面，又在成雲開的幫助下綁好了綳帶，之後連忙揹起醫箱，向成雲開交代道：「阿蘭大人的傷口雖深，卻沒有傷及筋骨，傷口處理過後，已無性命之憂，大人盡可放心。」

聽太醫這麼說，成雲開好不容易臉色緩和了些許。

「只要少些活動，多在營帳中休息，按照下官開的方子喝個十日，便能好個大概。阿蘭大人曾為太醫，等她醒來了解自己的傷勢，有什麼問題，想必也能對症下藥。」

說罷，連忙退了出去。

營帳中安靜了許久，門口的士兵等得心都發毛了，才見成雲開一身怒氣地走了出來，直奔雲旗的營帳。

此時雲旗在營帳中正審問著偷襲的刺客，只是那刺客低垂著腦袋，無論雲旗對他如何審訊皆不做聲。

成雲開一進屋來，招呼都未打，便一拳打在了那刺客的胸腹上，他應聲倒地，噗的一聲嗆出鮮血。

然而那刺客卻像是被這一拳打醒，忽然笑得詭異，看著成雲開，似是有意將他激怒。

成雲開一把拉起了他的領子，又一拳打在他的下巴上。

那刺客卻笑出了聲。「殺了我，她就能活嗎？」

成雲開掐著他的脖子，狠戾道：「她能活，但你還不能死。」說罷，將他甩到一旁，回過身來，深呼吸了半晌，才平復了呼吸。

雲旗見狀，神色也有所緩和。「我還以為你徹底失去了理智，沒想到你也有這樣的時候，真是讓我大開眼界了。」

成雲開看了他一眼，眼神中帶著駭人的殺意，道：「明日之戰，一個人都不要放過。」

第十九章

蘭亭亭是被渴醒的，她半張著嘴，發出極短的音節。「水……」

她以為自己在伸手摸索著，其實身體卻一點都未動彈，但幸而，有人將一碗溫水送到了她的唇邊。

她就著碗沿大口喝水，才恢復了些力氣睜開眼睛。

她正在另一個營帳裡，不是成雲開平時住的那個，她微微低頭，看到自己身上蓋著厚厚的被子，左肩和背後隱隱的脹痛著。

她側過頭，才發現自己正靠在別人的身上，那人輕笑一聲道：「妳可算醒了。」

「阿香？」

丁蘭香為她立起了枕頭，小心的扶著她靠在床邊。

「我剛到灤西就聽說妳帶著太醫院的人來了，本想與你們會合，路上出了些事情，耽擱了點時間，結果剛一到營帳就聽說妳受傷的消息，幸好沒什麼大礙。」

蘭亭亭活動了下身體的其他地方，都還靈活自如，唯有左臂難以抬動。丁蘭香見她如此魯莽，連忙將她的手拉了回來，放在被子上。

蘭亭亭呵呵一笑，這才注意到她的裝束與過去不同，忍不住問道：「妳怎麼會來這裡？」

「邊關開戰，身為燕國人，怎麼也要盡自己的一分力。我從嶺南醫谷直接來的，還帶來了前線所缺的藥材。」

蘭亭亭笑了。「那可真是幫了大忙了！」

她邊說著，邊忍不住左顧右盼，丁蘭香看在眼裡，笑道：「別找了，人在戰場呢！」

蘭亭亭聽得微紅了臉，清了清嗓子解釋道：「我那是想看看妳都帶來了什麼寶貝。」

丁蘭香一臉意會地笑道：「我與你們許久未見，沒想到一對對的都成了婚，也不叫我去喝個喜酒，看來是沒將我當成自己人了。」

蘭亭亭輕輕推了她一下道：「妳可是滿大燕的轉，我一早便叫成雲開給妳寫了信，我還沒問妳怎麼不來呢！還說我們沒通知妳。」

丁蘭香聽罷，狐疑道：「妳沒騙我？」

蘭亭亭翻了個白眼。「給嶺南醫谷寫的信，誰知道妳何時回去的。」

丁蘭香算了算日子，心虛的摸了摸鼻子。「嗯，我那時在千岐山，確實信也寄不到。」

蘭亭亭一聽，激動得坐起身來，卻不小心扯到了傷口，忍不住痛呼出聲，卻還是齜牙問道：「妳去找當歸婆婆了？」

她還是喜歡叫陸伏苓當歸婆婆，顯得親切些。

丁蘭香點了點頭。「她已經隨我回到了嶺南醫谷，不過以後，她還是會再回千岐山住。已經十餘年未曾離開千岐山了，她現在也樂於四處遊歷，累了，便會再回去。」

蘭亭亭見她說話時眉飛色舞的神情，笑道：「看來妳們將事情說開了。」

「這……」

丁蘭香至此卻又是一副一言難盡的模樣，抿著唇欲言又止，見蘭亭亭神色有些疲憊的模樣，才又忽然笑了。

「妳呀，就別操心這麼多了，快點將藥喝了睡下吧。」

蘭亭亭方才便聞到了那中藥苦澀的味道，一直顧左右而言他想逃避，卻還是沒能逃出生天，只能認命的將那碗黑糊糊的東西一飲而盡，之後又連喝了三大碗溫水，才沖淡了口中的苦澀。

最後，在丁蘭香的攙扶下再度躺下，不多久又沈睡了過去。

蘭亭亭再醒來已是隔日，屋中已無他人，丁蘭香留了紙條說去附近的山上看看，蘭亭亭已能起身，於是便披上了外衫，走出營帳。

陽光灑在地上，騰起暖洋洋的熱流，她恍如隔世地看向遠方，忽然看到了幾個騎馬的士兵，正揚著馬鞭向營帳飛奔而來，他們的臉上皆是欣喜之意，不停的高呼著，全身洋溢著勝利的喜悅。

蘭亭亭也隨之揚起了嘴角，定是已將那陳國部隊打退回了圍城之中，他們即將再向西推進二十里路，那便代表著，燕軍離最終的勝利只有一步之遙了！

她的血液也被這振奮人心的消息帶動得沸騰起來，聽著營帳中蔓延開來的喜悅之情，她忍不住想上前去迎接那幾個報喜訊的士兵，不料走了幾步，卻忽然感覺心口一空，腳下一軟，險些跌倒。

蘭亭亭連忙穩住身形，深呼吸了半晌才緩過神來。

眼前的紅色雪花慢慢散去，她揉了揉心口，忽然看到左手腕處出現了一條一寸長的紅線。

這是中毒了？

她心下一驚，連忙揉搓了幾下，那紅線卻並沒有散去的意思，左右看了看，幸而身旁無人。

這條線，她不是沒有聽說過，但真的在自己身上看到，才更覺得如此駭人。

沒事的，興許晚上便會消散了。蘭亭亭一邊回頭往營帳走，一邊自我安慰著，手腳冰涼的進了屋子，又鑽回被褥中取暖，恐懼在她的心底瀰漫開來，屋外的歡騰之聲變得越發遙遠。

此時她在心底惦記著，丁蘭香到底何時才會回來？

可直到第二天大軍拔營起寨，她都沒能等來丁蘭香的消息。

如今她的箭傷已經癒合得很好，這幾日高湯大補，也補回了些許氣血，為她診治的太醫都連聲稱讚著她還年輕，恢復能力極強，可沒有人知道，她自己心中越來越沒底了。

經過了兩個時辰的奔波，終於抵達新駐地，蘭亭亭剛一掀開簾子，便見成雲開在這馬車的一側，伸手將她半扶半抱了下來。

「夫人瘦了。」

他難得沒有調侃，而是認真的說著，語氣中還帶著些許的愧疚和自責。

蘭亭亭來之前本想將左手出現紅線的跡象告訴他，但見他如此神傷的表情，便不忍將這不好的事說出口，怕他被動搖了心情。

她靠在他的胸口，笑道：「瘦一點更美。」

成雲開將她放了下來，抬手摸了摸她的臉頰。「夫人什麼樣子都美。」

蘭亭亭對他俏皮的笑了下，牽起他的手，感到他的手摸起來比往日粗糙了許多，她低頭看去，卻見那手上的指節竟有幾處血污，連忙追問。

「這是怎麼回事？」

成雲開抽回了手，藏在袖子裡，回道：「別在這裡吹風，進屋說去。」

一旁聽了兩人對話許久的雲旗，幽幽道：「某人衝冠一怒為紅顏，將抓來的人打個半死，還沒來得及審出什麼，那人就死了。」

成雲開聽罷，翻了個白眼，忍不住反駁道：「那是他自己後來偷吃了毒藥，你的士兵沒發現，不要賴在我身上。」

「弟妹啊，妳是沒見著他當時那個狠勁啊。」雲旗走到蘭亭亭身側，假裝偷偷道：

「我看了都害怕！」

蘭亭亭聽罷，看成雲開紅著臉別開了頭，心中一陣暖意。

如今已是三月初，春的氣息席捲大地，卻唯獨將灤西的邊境遺忘。山林環繞的地界，冷風吹得更為凜冽，士兵們正在營地裡站崗集結，等待雲旗將軍的下一個命令。蘭亭亭的營帳在營地最東側，遠離成雲開的營帳，是她自己選的位置。

肩頭的傷已經拆了線，夜晚，沐浴過後，她在營帳中對著帶來的小塊銅鏡看著自己肩頭那條兩寸長的疤痕，如何蜿蜒扭曲的趴在她的身上。

穿好衣服後，蘭亭亭摸了摸左手腕上已經延綿至手肘的紅線，蹙著眉。

在這裡休養了兩日，她將所帶的各類醫書翻了個遍，都未曾找到與之相關的記載，除了偶爾會感覺到心口不適、身子發虛外，平時她都同普通人無異，仍舊可以在後院搭建的藥房為前線的士兵救死扶傷。

她沒有將這條紅線的出現告訴之前為她診治的太醫，只是安靜地等待著丁蘭香回來。

可這天晚上，她仍舊沒能等到丁蘭香，而是等到了偷偷來找她的成雲開。

他喝了些酒，身形不穩的攬住她，即使有些搖搖晃晃，卻仍避免將重量放在她的身上，增加她的負擔。蘭亭亭看他如此模樣，連忙將他扶進營帳裡。

成雲開踉蹌了幾步倒在床上，眉頭緊蹙，半張著口，喃喃的唸著她的名字。

蘭亭亭坐在床邊，輕輕撫平他的眉頭，他忽然睜開眼抓住她的手，眼神朦朧而不聚焦，若不是他在喚著自己的名字，蘭亭亭都不知道他在對誰講話。

「明日之戰打完，我們便要勝了，大捷！從未有過的大捷！」

他像個孩子一般拉著她的手，頻頻強調著。

自出生以來，他一直依附著其他人，上一世更是在這上面栽了跟頭。而現在卻不同了，與陳國的這一仗是他親自督軍，未曾靠過誰的支持，他甚至不惜違背皇命，勢要將這一仗打贏。

他不只要大燕的幾十年安定，也要向世人證明他存在的價值！

蘭亭亭取來毛巾沾濕溫水，擰乾後輕柔地將他額角的冷汗擦去。而後他也逐漸平靜了下來，昏沈的睡去。

蘭亭亭看著他睡覺時微張的雙唇，忍不住俯身親啄了一口。

她笑了笑，又坐回了書桌旁，點上了一根細小的蠟燭，就著微光，叼著筆桿，一坐便是一夜。

當成雲開醒來時，她已不在屋中，他看了看時辰，連忙穿好衣服，去找雲旗將軍最後敲定晚上的夜襲安排。離開前他見桌子上擺著幾張宣紙，便順手在上面寫下了等他凱旋而歸的承諾。

蘭亭亭終於等來了丁蘭香，她開心的將一筐草藥一件件地向她展示，蘭亭亭心中卻充滿焦急緊張和不安。

她盡可能的顯示出她的耐心，丁蘭香卻還是注意到了她有些僵硬的笑容。

「妳是有話要對我說嗎？」她放下了手中的藥草，站起身來。「是傷口還沒有癒合嗎？讓我看看。」

蘭亭亭搖了搖頭，猶豫著伸出左臂，深呼吸了一下，緩緩將那紅線展示給她看。

「什麼時候的事？」

丁蘭香果然如她所料地大驚，同她第一次看到一般，不敢相信的揉搓了幾下，可惜除了讓手腕泛出紅色的痕跡外，其餘確實徒勞。

蘭亭亭看著她這一系列的動作，苦笑著，心中卻明鏡般的知道，自己的猜想並沒有錯，雖然她不知道這是什麼毒，但此毒定然能夠致命，並且此時此地難以解毒。

「許是那箭上淬了毒。」

「沒事的，沒事的，我把娘請來，她一定有辦法。」

丁蘭香像是扶起個瓷娃娃一般，小心翼翼地將她扶回房間，一路上不知道是在安慰她還是安慰自己，不停地說著。

陸伏苓有沒有辦法，蘭亭亭並不知道，但她知道，此刻丁蘭香定然是沒有什麼法子。

「這毒有解嗎？」

蘭亭亭心中的石頭已落地，最難熬的是等待審判的時候，而此刻，死刑已經宣判，她反倒徹底冷靜了下來。

丁蘭香搖頭道：「這是陳國的奇毒，十日病發，回天乏術，唯有製毒之人才有解藥。」

「原來如此。」蘭亭亭點了點頭。「如此說來，他們本是打算讓成雲開中毒，然後威脅雲旗將軍讓步以換取解藥，若是雲旗將軍見死不救，便能挑撥二人的關係，若是救了他，雲旗將軍定然需要用燕軍的下一步戰術作為交換。」

丁蘭香卻滿腦子都在想著如何聯繫上陸伏苓，她一邊應著，一邊開始寫信。

「不過那個刺客已經死了，下這毒又有什麼意義呢？」蘭亭亭兀自的說著。「雲將軍說那人是自殺的，但是這並不合理，刺客沒有把身有解藥的事說出來，這個計劃根本無法進行下去……」

說到此，蘭亭亭前後一串，突然恍然大悟，她背後爬上一陣涼意，卻只是嘆了口氣。

丁蘭香同她沒說兩句話便急匆匆地出了營帳去傳信，差點撞上門口的雲旗將軍，他讓出路來，待丁蘭香走遠，才在門外道：「弟妹，可方便進去？」

蘭亭亭聽出了他的聲音，輕笑一聲，真是說曹操、曹操到啊！

「雲將軍請進。」

她坐在榻上，沒有絲毫要起身行禮的意思，只是看著他。

雲旗見她此副神情，便知她已猜到了他的用意，他走到她的身旁，長嘆了一口氣，對她行禮道：「弟妹，是我對不住妳。」

「雲將軍說笑了，下官可擔不起這聲弟妹。」

蘭亭亭抬起了手腕，將那紅線展示在他的面前。

「若不是我曾為醫者，恐怕也難發現自己已經中毒頗深，時日無多。雲大人背著成雲開和我將那刺客滅口的時候，可曾想過，我是你的弟妹？」

雲旗心中愧疚，給了自己的胸口一拳。「對不起。此事不能讓成大人知道，你們夫妻二人鶼鰈情深，但那刺客提出用軍情換取解藥的要求，我是絕對不能答應的，我不能讓我的兵無辜戰死沙場！」

蘭亭亭聽罷，站起身來，緊緊地盯著他。

「我也不能！這世上並非只有雲將軍你一人忠心耿耿，愛兵如子，你不將此事說與我聽，是怕我為了一己之私而犧牲前線的子弟兵，雲大人，你這是看不起我，也看不起成大人！」

雲旗被她訓得愣在了當場，蘭亭亭卻仍不解氣的繼續冷聲道：「我是想活下去，沒有人不想活命，但這並不代表我便會用別人的犧牲來換取我獨活。我從得知中毒的那一刻起，就從未想過用情報來換取解藥，哪怕你將此事告訴了成雲開，他也定然不會！他若是會，那我看不起他，他不配成為我的夫君。

「但你憑什麼剝奪我知道真相的機會，雲大人，你太過剛愎自用了，不肯相信別人，你便只能故步自封，我沒什麼好對你說的了。」

蘭亭亭語氣沈了下來。「此事，你不必說與成雲開知道，就當是你我之間的秘密，但是容我最後以弟妹的名義多說一句，在用兵之計上，望你能多聽取成雲開的意見，明日之戰請務必成功，不要讓我白白枉死。」

雲旗被她這一番話說得動彈不得，許久才平復心情，神色動容地向她行了大禮。

「阿蘭女官巾幗英雄，為國為民，是我小人之心度君子之腹，望阿蘭大人原諒，這一拜是替前線的士兵對妳行感激之禮！」

行罷了禮，他又抬頭道：「阿蘭大人盡可放心，明日一戰過後，雲某將會尋來天下最好的醫師為妳解毒。」

「不必。」蘭亭亭回絕了他。「雲大人且全心全力準備明日一戰，便是對我最好的報答了。」

丁蘭香趕回營地的時候，見雲旗和成雲開正準備領兵外出，她踟躕地看了成雲開幾眼，最終說服自己聽從阿蘭的意願不將此事透露給他知道，以免影響他的心緒。

然而她方才的眼神卻好巧不巧被他捕捉到了，成雲開牽回韁繩，起身下馬，攔住了她的去路。

「阿蘭有事要妳帶話？」

丁蘭香連忙隨口撒了個謊。「沒有，只是方才我去找她時，她在糾結肩頭的傷疤，怕留了疤，擔心你會介意。」

成雲開蹙眉，狐疑道：「這裡可有祛疤的藥草？」

丁蘭香指了指背後揹著的草藥，想著成雲開反正不認識這些東西，順口道：「我便是去採了這些回來。」

成雲開半信半疑地微瞇著眼睛，一邊望向走遠的大部隊，一邊對丁蘭香囑咐道：「這幾日，就麻煩妳照顧她了，她的傷還沒好，行動不便，若前線傳來的消息並不樂觀，也先不要告訴她，以免影響她恢復身體。」

丁蘭香聽著這熟悉的話語，心想自己怎麼如此倒楣，要夾在這二人當中相互隱瞞，她只得點了點頭，笑得勉強。

成雲開沒空仔細觀察她的神情，便翻身上馬，一揚馬鞭，向西而去。

蘭亭亭躺在榻上，聽著外面傳來的馬蹄聲，回想著方才成雲開與她道別時的眷戀，他們二人皆是心思沈沈，各有各的擔憂，不敢將話說開。

抬頭看著營帳中透入的陽光，暖黃色的，她不禁想起了與他初遇那日的美好時光……

幸而丁蘭香終是帶來了好消息，她目送著成雲開離開後，便連忙跑進了蘭亭亭的營帳，由於太過開心，她沒提前喚她，而是直接跑了進來，只見蘭亭亭匆忙的拿袖子抹了下眼角，起了身。

丁蘭香還是頭一回見到她如此無生氣的神情，不禁心揪了一下。

「阿蘭，我娘還沒有離開，仍在灤西境內，我已將此處的大致方位告訴了她，她明日便可到達，中午我便能將她接來。」

「陸醫師可有法子？」蘭亭亭聽她語氣輕快必是有所收穫，但又怕自己抱太大希望終會失望，小心翼翼地問道。

丁蘭香的神情有些複雜。「雖然她沒有解藥，但是我將妳的情況同她詳細的說了，她說她二十年前見過這毒，而中毒之人現在還活著！不過，我還不清楚，那人是徹底解了毒，還是有了什麼辦法延續了壽命。」

蘭亭亭的眼睛頓時亮起了光。「二十年，足夠了！」

她連忙起身，雙手抹了抹衣服，走到了書桌旁，又慌亂的將椅子推了回去，回過身靠著椅背笑道：「太好了！」

丁蘭香見她如此開心，上前抱了抱她。

「妳且好好歇著，明日我一早便出門將我娘迎來！」

第二天一早，蘭亭亭喝過了丁蘭香為她調製延緩毒性的藥，又拉起袖子檢查手腕，那紅線已經漫過了手肘，向上臂延伸，照這樣的架勢，不過五日，便可攻入她的心臟。

好在，她終於在午飯過後，等來了全天下最厲害的醫士——陸伏苓。她還是一樣穿著一身樸素的麻布，神情舒緩，眉間的紅痣分外耀眼。

蘭亭亭的笑容卻忽然僵在了臉上，只因丁蘭香在陸伏苓身側，卻一改昨日的笑顏，躲避著她的目光。

她心下一沈，終還是懷抱希望的說道：「陸醫師，麻煩您了，我想活下去。」

陸伏苓對她溫柔的笑了笑，拉著她的手坐回了屋中，時間一分一秒的過去，蘭亭亭彷彿聽得到自己的心跳聲。

她微微屏住呼吸，看著陸伏苓拉開自己的袖子，見到那蜿蜒直上的紅線，終是忍不住蹙了眉。

「的確有法子。」陸伏苓想了一會兒才開口。「但代價非常大，不知道妳願不願意一試？」

來到新駐紮地的第一晚，成雲開並沒有睡多久，他作了一場惡夢，整晚都處在惡夢籠罩之中。

他夢到了前世的父母、大哥，還有最後捅死他的沈泉，在一片血海中，他看到了蘭亭亭，似乎沒有任何猶豫的，他一眼便認出了她。

她一如往常調皮的笑著，向他招著手，還時不時的轉起了裙子，笑得明媚。

他向她走去，身後卻牽著一條長長的鎖鏈，彷彿要將他拉回去，他用盡了全身的力量也難以擺脫，無論如何都接近不了她。

他拚盡了全力，渾身是汗，卻也無能為力。終於，蘭亭亭似是有些不耐煩了，她停下了全部的動作，只是靜靜的看著他，神情是那麼的哀傷。

他想開口解釋，卻發不出一點聲音，繼而定睛一看，蘭亭亭的身體變得越發透明，一束刺眼的光照在她的身上，成雲開瞬間回神，一把將身後的鐵鏈砸碎，他終於成功了，興奮地回過頭來，卻再也找不到她……

成雲開猛然驚醒，他粗喘著氣，凜冽的寒風入肺，彷彿要炸裂一般，可他終於找回了理智，滿腦子都是臨行前丁蘭香說的話。

不對，她所說的蘭亭亭並不是他所認識的她，她並不會在意身上的傷疤，如果她當真在為什麼事煩惱，便是不能同他一起來到前線。

丁蘭香一定隱瞞了什麼事，他忽然背後一涼，想起了自己同她交代的話語。

難道說，蘭亭亭出了什麼事？

她的傷難道並沒有完全癒合，或是還留下了什麼後遺症？

成雲開想著想著便披起了外衫，揮退了外頭守夜的小兵，邁入了雲旗的營帳中，無視於他抑揚頓挫的鼾聲，點亮了蠟燭，來到地圖前，在上頭又放置了幾處標記。

雲旗被這動靜喚醒，也被成雲開的舉動嚇了一跳。

他清了清嗓子問道：「到時辰了？」

成雲開搖了搖頭。「還有一個時辰，你先起來。這是明日晚上突襲的路徑，我先同你推演一番。」

雲旗拍了拍臉，立即起身。

「怎麼突然這麼急？打完第一仗後再伺機而動豈不更好？」

成雲開兀自沈思，搖了搖頭。

「第一仗他們定會被打回城中，占據城內易守難攻的位置等待後方救援補給。因此這第二仗便要出其不意，按當初阿蘭放出去的話從兩側包抄。此地地勢比之前計劃的好走五成，現在便可派人在這兩處蹲守。」

雲旗被他這一連串的囑託弄得有些摸不著頭腦，他在他說話的空檔插話道：「你要幹麼？」

成雲開收回了視線，對他嚴肅道：「我有事不得不回去。第一仗大勝之後，後續的便全要靠你了，雲將軍。」

雲旗見他如此模樣，這時才真正清醒了過來，猜測想必他是聽到了關於阿蘭女官的風聲。

他心中愧疚，見成雲開雙眸下一片青黑，身體也不似來時健壯，一介文臣能在邊關像他一般固守月餘，已是體力的極限，如今又費盡了腦力將雙方局勢分析出眾多的可能，他不得不打從心底佩服他，他們夫妻二人實是朝中難得的人才。

成雲開見他未多說什麼，又將推演的另外三種可能所對應的戰術複述了一遍，天已微微發亮。

一個時辰飛逝而過，在雲旗的一聲怒吼中，衝鋒號四起，全營士兵向陳國城池衝去！

這一戰打得十分順利，不過兩個時辰，便將陳國軍隊打回了老巢。

成雲開看了看遠方插上了大燕旗幟的城牆，放心的調轉馬頭，向蘭亭亭奔去。

回去的路上，他的心不知為何始終難以平復，耳畔除了風聲便是他的心跳聲。

回到了先前的營地，在旁人訝異的目光中，他下馬徑直走向蘭亭亭的營帳，那屋子裡安靜得很，風吹過帳簾，他卻忽然失去了上前的勇氣，一種莫名的恐懼爬上了他的心頭。

他深呼吸著，終於向前邁了半步，此時丁蘭香卻端著一盆血水走了出來。

丁蘭香顯然也沒想到此刻會與他撞個正著，心下一驚，銅盆應聲掉到地上，水蔓延開來，流淌到了成雲開的腳邊，他下意識地後退了幾步，不敢觸碰。

「怎麼回事？」

他努力平復著自己的語氣，但說出口的聲音卻帶著顯而易見的顫抖。

丁蘭香錯愕地看著他，始終開不了口。

帳簾再次掀開，成雲開緊盯著出來的人，卻是陸伏苓。

「婆婆？」

陸伏苓本在床邊為方才忽然昏倒的蘭亭亭放血治療，忽然聽到屋外的聲響，這才出來看看。

此刻見成雲開如此神情，已心下了然，她走到他的身前，引他入了營帳之中。

蘭亭亭正安靜的躺在床上，她臉色蒼白，幾乎透明，成雲開的心顫動得厲害，忽然想到了夢中的場景，若他沒有趕回來，說不定就再也沒有機會見到還在呼吸的她。

「到底怎麼回事？」

他的聲音並不大，彷彿失去了力氣，是那麼的無助。

「是那一箭。」丁蘭香解釋道：「箭上有毒，只有陳國人有解藥，阿蘭不想被他們利用，因此讓我將此事隱瞞。」

成雲開咬緊牙關，額角凸起了青筋，他的指尖掐入了肉裡，嗓子發緊，半晌才道：「婆婆可有法子救她？需要什麼藥材，我去取來。」

陸伏苓嘆道：「我的確有法子，但她卻不同意，現在只能先用保守的方式延緩毒素蔓延。」

「她不同意？」成雲開來到了蘭亭亭的身旁，輕輕撫上了她的臉頰，問道：「是什麼法子？」

陸伏苓沒有回答，只讓丁蘭香將一旁的盒子取來，打開蓋子，當中生長著三株葉緣泛紅的草。

成雲開一眼便認出了它們。

「三齒噬髓草？是啊！連太后所中之毒都可以用三齒噬髓草緩解，她身上之毒也定然可以，對嗎？」

丁蘭香面帶難色道：「但此藥草需要有血液相容之人，換取周身血液來排出毒素，才能重換新生。通俗的說，就是以命換命。」

成雲開心下一涼，的確，要犧牲另一個人的性命，蘭亭亭並不會同意以這樣的方式活下去。

他看著她微微發顫的睫毛，握緊了她的手，沈默了許久。

丁蘭香都已走到了帳簾旁，扯了扯陸伏苓的衣衫，準備離開給他們留下獨處的空間，成雲開卻忽然站起了身，走到茶桌旁，拿來了一個茶杯。

他端著茶杯來到了陸伏苓的面前，忽然從袖中滑出一把匕首，甩開了刀鞘，一把劃在他的左腕之上，他握緊了拳，用那茶杯盛接著流下的鮮血。

他將那茶杯托舉起來，對陸伏苓行著大禮。

「請您，救她！」

陸伏苓似乎早已料到他會這麼做，她搖了搖頭，輕嘆了一聲。「你可曾想過，她醒來會有多恨你？」

成雲開抿著唇，聲音彷彿從喉嚨間擠了出來。「那本就是射向我的箭，不該由她來承擔。」他頓了片刻，又道：「我死之後，煩請二位恩人替我保密，將我的屍首埋在隨意一處荒山野嶺便好，只須告訴她，我已戰死沙場，是我失約未能歸來。」

陸伏苓忽然笑了，她伸手取過裝著血的茶杯。

「好，既然你開口了，那我便試一試。若是你們的血液當真能夠相融，那便是老天爺都要我救她，若是不能，我也再無他法，你且準備葬禮吧。」說罷，她轉身離開。

丁蘭香隨她去了藥房，拿出了之前從蘭亭亭身上取下的血液滴在水中，又將成雲開的血滴入，等了一會兒，兩個人的血竟然當真融在了一起。

陸伏苓笑了一聲，嘆道：「輪迴，輪迴啊！」

丁蘭香卻聽不太懂，不明所以看著娘親忽然仰頭大笑的模樣，她難得會有如此情緒失態的時候。

陸伏苓朗聲道：「去將那三齒噬髓草碾碎，今晚我便會動手。」

丁蘭香本已走到了門口，卻忍不住回身問道：「除了此法，當真沒有別的辦法了嗎？他們未免太可憐了。」

陸伏苓低著頭擺弄著面前的草藥，低聲道：「這世間可憐人那麼多，也不怕多這二人。」

為了防止蘭亭亭醒來得知此事，陸伏苓先給她配製好了迷魂藥，足以能迷倒一頭牛的藥量，夠她睡個三天三夜的。然後便是泡在藥浴之中，她手上的紅線已經快要長到肩頭，泡在藥浴之中能夠使毒性減弱，紅線顏色變淺。

而成雲開也自然得有所準備，需要將身體中的廢血排出，先是喝過調製的藥劑，然後劃破手腕，排出暗紅的血液。

陸伏苓選在子時進行洗髓換血，二人平躺在營帳之中，成雲開牽著蘭亭亭的手。營帳外一片寂靜，十幾里外，是血腥殺敵的戰場。

成雲開輕輕閉上了眼睛，他已將想與蘭亭亭所說的話全數寫在一封信上，信已交給了丁蘭香，他要她在蘭亭亭康復回京之後，將信交給她。

血一滴一滴的落下，他的心也終歸於平靜。

蘭亭亭像是作了一個冗長、難以記住發生了什麼的夢，各種顏色在她的眼前劃過，一片混沌之中，她猛然睜開眼，粗喘了幾口氣才恢復了意識，手腕傳來的劇痛，讓她不得不立刻清醒。

她側頭看去，她的手腕被包裹得十分嚴實，但在那紗布的尾端，卻沒看到本該在那裡的紅線。

蘭亭亭一驚，連忙拉起了單衣，手肘也沒有，上臂也沒有，她有些激動得扯開了胸口的衣衫，什麼都沒有。

她連忙起身想找丁蘭香問個清楚，腳剛落地，便一陣暈眩襲來，她又倒在了床上。

「妳怎麼醒了！」

丁蘭香端著盛滿溫水的盆子進來，見她坐在床上被嚇了一跳，照理說，她應當明日才會醒來。

「這是怎麼回事？」

蘭亭亭試圖嚴厲的問著她，但說出口的聲音卻因為許久未曾喝水而嘶啞虛弱，毫無震懾之力。

丁蘭香擠著嘴角笑了笑，扶她靠在床邊，裝作十分興奮地道：「母親拿妳當了試驗品，沒想到當真成功了，她找到了一味新的藥草，可以不必用人血換血。」

蘭亭亭一聽便知道她在騙她，她急道：「陸醫師在哪兒，我要見她。」

丁蘭香拗不過她，只得為她披上了外衫，將她帶到了藥房中。

陸伏苓正坐在藥壺旁，搧著扇子，一副悠然自得的樣子。

蘭亭亭心頭卻不知為何冒出火氣來，她儘量平靜的問道：「陸醫師，我不是說過，不要這樣救我了嗎？到底是怎麼回事，不要騙我了。」

陸伏苓對丁蘭香抬了抬下巴，示意她先出去，她拉過蘭亭亭的手，讓她坐在自己的對面。

「有人來求我，我問過老天爺，祂同意了那個人的請求。」

蘭亭亭心下了然，她微顫著雙唇道：「他……他在哪兒？他不會已經……」她的眼前一陣陣發黑，話已說不下去。

陸伏苓忽然笑了起來。「我告訴了他結果，但他還是如此堅持，不過，我沒告訴他的是，全身換血會進行兩次，我將二十年前的土辦法改了改，他最後的結果，自然也不會與之前完全相同。」

蘭亭亭的腦袋已經幾乎無法思考，但她仍舊努力的去聽陸伏苓所說之言，片刻後，才怔怔的問道：「所以，這是第一次的換血，他現在還活著？」

「不錯。」陸伏苓點了點頭。

蘭亭亭長舒了一口氣，又忽然緊張地問道：「那如果不進行第二次換血，我還能活多久？」

陸伏苓回道：「三個月。」

「好。」三個月已經比十天好太多了。

「妳不想第二次換血嗎？」陸伏苓問道。

蘭亭亭又怎麼會不想活下去，但她知道，哪怕陸伏苓如此說，卻也是第一次做這樣的嘗試，並不能確保下一次是否還會如此幸運。

「至少現在我們都還活著，我不敢去冒險。」

陸伏苓卻有些不悅道：「妳這是不相信我的能力。」

蘭亭亭連忙笑道：「是我自己害怕，多謝陸醫師為我們搶來這寶貴的三個月時間。」

陸伏苓看著她，忍不住問道：「你們兩個人都可以為了對方而死，卻不願意努力為彼此活下去嗎？」

蘭亭亭被她問得愣在了原地，陸伏苓又道：「如果當初，我有妳這樣的選擇，一定會嘗試第二次的換血，反正任何一個人獨活，結局都是一樣的。我之前為了試探成雲開，沒有將實情告訴他，但等他醒來，我也會將對妳所說的事情告訴他，至於最終你們如何決斷，我想，還是彼此商量過後，再一同告訴我吧。」

說罷，她站起了身，蘭亭亭卻像是聽懂了什麼，拉住了她的手，問道：「阿香告訴我，您曾在二十年前見過此毒，那時，中毒的人，可是您自己？」

陸伏苓被這話問得屏住了呼吸，她又坐了下來，抬起頭看著遠方的營帳。

「不錯，是我。我留在千岐山，不只是因為承諾，也是為了守一個人的墳。他當年沒有你們幸運，眼前只擺了兩個選擇，看著我死，或者為救我而死。」

「他是妳的愛人嗎？」蘭亭亭有些驚訝，丁蘭香不過十七歲，她爹顯然不是陸伏苓心中的那個人。

「他是我的恩人，是我愛的人，我卻不知道他到底算不算我的愛人。」

提起那個人時，陸伏苓的眼神是那樣的溫和，蘭亭亭看著她彷彿看到了當年那個天真爛漫的採藥少女。

「丁蘭香的確是我的女兒。」她像是看出了蘭亭亭心中的疑惑，解釋道：「他死後，我接受不了，於是離開了千岐山，回到了我生長的嶺南醫谷。

「是我的師弟陪伴我度過那兩年渾渾噩噩的日子，直到我又聽到了千岐山的消息，朝廷派人去搜山，我才幡然悔悟，無論如何我都要回去，但是師弟卻不想放我離開……」

她說著，神情是難以掩飾的哀痛。

「總之，等我發現時，阿香已經三個月了，我沒辦法，只能留在嶺南將她生了下來，但不知為何，卻是個死嬰，她沒有哭，只是靜靜的躺在那裡，我終於受不了，連夜逃離了嶺南，決定一輩子都不會再回去。」

蘭亭亭心中大撼，不知該說什麼，卻見她又低著頭抿唇笑了起來。

「我當時就像個瘋子一樣，但不知為何，回到了千岐山後，坐在他的墳前，我卻忽然平靜了下來。萬物生靈的氣息籠罩著我，我呼吸著那裡的氣息，就彷彿嗅到了他的存在。

「某一天採藥的時候，我看到了他留給我的一段話。」她說著笑了起來。「他可真是聰明，寫在紙上總會腐朽，這點他就比成雲開那小子聰明，他把話刻在了石頭上。

「他說他感激老天賜予他救我的機會，卻因為醫術不精，無法與我共同活下來，所以他希望我能繼續研究三齒噬髓草的藥性，配合其他的藥材，找到它真正的價值。他可真會開玩笑，我在嶺南時，醫術算是倒數，是他教會了我太多，他若是醫術不精，那我便只能是個庸醫了。」

蘭亭亭聽著，自然聽出了那人的用意，他將一個天大的難題留給了陸伏苓，只為了她能夠靠著這個信念繼續活下去。

幸而，陸伏苓的確沒有辜負他的期望，她竟然真的一直在嘗試，而現在距成功只有一步之遙。

蘭亭亭的心中燃起一股熱血，她被她這一番話說得有些動容，第二次換血的嘗試，不只對他們二人來說極其重要，還寄託著陸伏苓和她所愛之人的期許，她忽然渾身充滿了力量。

「我明白您的意思了。」蘭亭亭深吸了一口氣，緩緩說道：「等成雲開醒來，我會同他講，我願意嘗試。」

陸伏苓的雙眸被淚水充斥，她抿著嘴，也長呼了一口氣。

「謝謝。」

她們彷彿都在這一瞬間如釋重負，輕鬆的笑了起來。

丁蘭香忽然掀開了簾子，看見她們二人相對傻笑，有些困惑，她將藥端到了蘭亭亭的手中。

蘭亭亭乾脆俐落的一飲而盡，伸出手去，卻不是將碗還給她，而是道：「成雲開留給我的信呢？」

丁蘭香心下一驚，卻見陸伏苓對她笑著點了點頭，她有些猶豫，終還是從懷中將那信遞到了蘭亭亭的手上。

「妳別太傷心。」

蘭亭亭看了眼陸伏苓，忍不住笑了起來，她拆開了那封信，上面寫著成雲開想走遍大燕的每一寸土地，想看到小皇帝長大成人。

這是成雲開留給她的難題。

第二十章

成雲開沒想到自己還會醒來。

他躺在床榻上，看著營帳外時明時暗的燭光，以為自己已然身在了混沌之中，他的身體彷彿變得很輕，一抬腳便能漂浮起來。成雲開想著，原來魂魄離體竟是這種感覺。

他又閉上了眼，耳畔忽然傳來蘭亭亭的聲音，他忍不住笑了起來。

原來哪怕離魂，他也有如此的執念能纏在她的身旁，她的聲音如此清脆悅耳，聽不出絲毫的虛弱無力，他心中暗喜。

胸口突然傳來一陣微痛，似乎是被人拍打了一下，成雲開疑惑地睜開眼睛，難道魂魄也會有痛覺嗎？

卻見蘭亭亭正一隻手搭在他的胸口，衝著他明媚的笑著。

「別裝睡了，我都看見你睜眼了！」

成雲開驚訝得說不出話，他微微低頭，看到了自己左手腕上包裹著的紗布。

他的確換血了，一切都不是夢，蘭亭亭也的確出現在了他的面前，也不是夢，但為何，他竟然還活著？

蘭亭亭笑道：「傻子！你也有被騙的時候。」

成雲開張了張嘴，卻沒發出聲音，蘭亭亭拿著棉籤點了點他的唇，笑道：「你失血過多，還不能說話，正好我有滿腔的話要好好訓斥你，你此刻無法反駁，聽著就好！」

蘭亭亭揚起了她的手腕，當真一條條的跟他算帳。

「你這個蠢蛋，寫那什麼信，是想讓我眼淚流乾嗎？」

情況已經明朗，她倒有餘裕現在笑他搞不清楚狀況了。

「陸伏苓是什麼人，她可是二十年前就名列天下第一的大國醫！她的醫術可會二十年後還沒有進步？我現在已經好得差不多了，這解毒一事，聽她的安排就對了，可是我還是得跟你算一算你背著我獨自做決定這筆帳。」

成雲開無奈地看著她，喉嚨乾澀得厲害，發不出一點聲音，他只得乖乖的挨訓。

「你是做好赴死的準備了，可我卻沒有獨活的想法，你知道我醒來的時候有多害怕嗎？」蘭亭亭本想逗一逗他，但說著說著，不禁有些動情，聲音也委屈了起來。「你要是真的死了，我一輩子都再也找不到你了，你就忍心讓我這麼孤獨嗎？」

成雲開聽著也覺鼻腔一酸，忍不住嘆了口氣，他又怎麼捨得呢？但是他卻想不出更好的法子了。

蘭亭亭說完，忍不住輕輕拍了他的胸口一下。「傻子，你這時候就應該說，明明是我先瞞著你的，怎麼好意思來指責你。」

她嘆了口氣。「你是怎麼猜到我中毒的？你想到的時候是不是還在前線，是不是特別的害怕，有沒有心中偷偷責怪我對你的隱瞞？你現在肯定也想這樣質問我。」她忽然輕笑了一下。「但是誰叫現在是你說不出話呢？而且，我想你也捨不得罵我，對嗎？」

成雲開開不了口，卻是抬起了右手，摸了摸她的臉頰，笑了笑。

蘭亭亭就著他的撫摸，輕輕地將頭枕在他的胸口蹭了蹭。

「以後，我們都不要擅自做什麼為對方著想的決定了，好嗎？有什麼事，一定要對彼此坦誠，我不想再經歷一遍那種恐懼了，我也捨不得你再經歷。」

成雲開點了點頭，才發現她看不到，於是笑著，輕輕拍了拍她的背。

十日後，陸伏苓為他們二人做了第二次換血，一切都非常的順利，待到他們二人醒來，陸伏苓竟激動得落下淚來，不知是喜悅還是遺憾。

「您之後有什麼打算？」蘭亭亭問道，她已對這位前輩說過太多次感謝的話語，卻仍不知道能如何報答。

「我還會回到千岐山去，你們不用覺得愧疚，是我應當感謝你們的信任，是你們證明了他對未來的想像是正確的。」

陸伏苓笑著與他們道別。

「如果想念我，可以來千岐山看看我。」

丁蘭香還在賭氣，不願隨陸伏苓離開，要自己走。蘭亭亭笑了笑她的小孩子脾氣，但又對她分外理解，畢竟她一個與陸伏苓最為親近的人，卻是最後一個得知她有解毒之法的人，白白讓她也為自己這對好友傷心了好幾天。

「邊關大捷，這裡已經不需要我了。」丁蘭香瀟灑道：「我也要去下一個地方了，有緣自會再相見。」

拜別了陸伏苓和丁蘭香，他們正要回去，成雲開卻聽到了遠方傳來的馬蹄聲。

「回來了。」

蘭亭亭順著他的視線看去，果然看到了一排小小的騎兵在向他們飛奔而來。

「是雲將軍吧？」

成雲開沒有答話，蘭亭亭看了看他，他果然還在生氣。

雲旗揮舞著燕國的大旗領兵回營，見到完好無損的成雲開和蘭亭亭，杵著旗子，正要向他們二人行大禮，成雲開一抬手將他扶了起來。

雲旗激動得看著他道：「我在前線聽說了阿蘭大人無礙的消息，對不起，我不求你們能夠原諒我，但請接受我的歉意。」

「你已向夫人道過了歉。」成雲開凜聲道：「如果她原諒你，我便不會怪你。」

雲旗看著他，一時不知該說些什麼。

成雲開又道：「你將燕國的旗幟插在那城牆之上，已是對得起我，也對得起她了。」說罷，拍了拍他的肩，放鬆地笑道：「換做是我，說不定也會做同樣的決定，你是為了大燕，本不是你的過錯。」

雲旗向他拱了拱手，成雲開也回了禮。蘭亭亭看著這副情景，也長舒了口氣。回到營帳中，便是成雲開為他準備的大宴，雲旗被這陣仗嚇了一跳，也是這時才真正放下心來，鼻腔一酸，心中一動，痛快的拿了酒來，一飲而盡。

「老弟啊，我在外征戰沙場多年，從未見過你這樣的文臣。」

雲旗直喝到天黑，一身酒氣地攬著成雲開。

「有氣節，有風骨，跟那些個文謅謅的白面書生全然不同，老哥我對不起你，卻也欣賞你！」

成雲開有些嫌棄的將他的胳膊放了下來，叫來兩個士兵。

「雲將軍醉了，送他回營帳。」

蘭亭亭在一旁格格的樂著，成雲開吃癟的模樣委實可愛得厲害。

她的臉上泛起了紅暈，成雲開見她如此模樣，連忙走過去，一見她桌上喝了一半的茶杯，拿起來一聞，一陣酒香撲鼻。

他忍不住扶額，無奈問道：「不是說好喝茶嗎？」

蘭亭亭嘻嘻一笑，撲在他的懷中撒嬌。「今兒個我開心，不講究規矩！」

成雲開無奈的將她手中的酒拿到一旁，一副嚴肅認真的語氣道：「妳手腕的傷還沒好。」

蘭亭亭嘟著嘴，喃喃的點頭說道：「對耶，怪不得我覺得手腕癢癢。」

說著就要伸手去撓，成雲開連忙將她胡亂飛舞的雙手桎梏到了她的背後，另一隻手攬在了她的腿下，起身將她抱回了屋裡。

「你幹麼，你是壞人！」蘭亭亭耍著酒瘋。「大壞蛋！」

成雲開小心翼翼將她放在床上，一邊安撫她，一邊為她端來了醒酒藥。

蘭亭亭湊到那碗上聞了聞，連忙掐住了鼻子。「好酸，不喝！」又一把拉過成雲開的領子，將他拽到了自己的面前。
顧忌著蘭亭亭手腕上的傷，他也不敢反抗，手中的碗滑落下去，醒酒藥灑了一地。
蘭亭亭看著他豐潤的嘴唇，嗅了嗅，附了上去，一邊吸吮著，一邊含糊不清道：
「我喜歡這個味道。」
成雲開無奈地攬著她的腰，將她放倒了下去，將她仍要說的話語含在了口中，挑弄著她的舌尖，蘭亭亭也好強地懟了回去，兩人唇齒交纏，好不樂乎。
成雲開鬆了口，看著她紅通通的臉蛋，忍不住笑了起來，他一手按滅了旁邊的蠟燭，一手解開了她的衣衫。
三日後，大軍班師回朝，沿路百姓無不歡呼慶祝，到了京城，更是沿街放起了鞭炮，宛如過年般熱鬧，大街小巷的百姓都出來迎接著他們的歸來，臉上皆是喜氣洋洋的模樣。
皇上在上朝時龍顏大悅，悉數封賞。
成雲開受封殿閣大學士，蘭亭亭受封一品誥命夫人，連與他們同去的太醫院一干醫士也都官躍一品，普天同慶。

羅遠山為他們在嘉軒閣包了場，老闆娘大手一揮免了他們的包場費，拍著胸脯對羅遠山道：「當初陳國使臣中毒一事，是阿蘭大人為我們洗清了冤屈，後來也是她資助扶持起嘉軒閣，理應由我們為她接風洗塵。」

晚宴安排得十分熱鬧，在成雲開的監督下，蘭亭亭這回沒能成功將茶換成了酒，反倒羅遠山卻喝得有些醉了，蘭亭亭緊攔著他，念叨著他的肝病。

羅遠山卻笑了起來，偷偷對蘭亭亭道：「我明兒個就遞辭呈，可以回家歇著去了！」

蘭亭亭倒也不吃驚，書中這位太醫院的院長最後也是退隱朝野，但蘭亭亭始終不懂，以他的性格，當年為何會選擇入世，又為何甘願在朝中兢兢業業的當差二十年？她想著他都要離開了，終是忍不住問了出來。

「是因為陸醫師嗎？」

羅遠山聽到她的名字，眼神忽然清明了些許。

「起初，的確是因為她。二十年前，她死在千岐山的消息傳遍了天下，世人皆哀嘆她一個天才女醫紅顏薄命，我卻並不相信，一直四處打聽，但當時我不過只是一個小小的游醫，根本找不到她的任何消息。」

「所以你才要進入太醫院嗎？」

「不錯，但後來，太多事情纏身，終究是身不由己做過一些違心之事，我便不敢再去尋她。」羅遠山笑道：「若不是妳提到了千岐山，我怕是已經徹底將她忘了。」

蘭亭亭卻知道他只是說著氣話，他隨時將陸伏苓的手稿帶在身旁，定然不會將她忘懷。

「明日過後，我便一身輕鬆，可以再去尋她了，哪怕死在路上，我也能魂歸故里，不再留任何遺憾。」

蘭亭亭見他鬢邊的白髮，又想到了陸伏苓所言，沈默了許久，終是忍不住道：「其實，我知道……」

羅遠山忽然「噓」了一聲。

「別說出來。我知道妳見過她了，不要告訴我她在哪裡，我要自己去尋她，二十年了，能不能找到她，是我與她之間的緣分，我已經龜縮了這麼多年，該讓我自己勇敢一次了。」

從嘉軒閣回去的路上，蘭亭亭一路無言，成雲開牽著她的手捏了捏，蘭亭亭抬起頭看著他笑道：「怎麼了？」

「讓我猜猜妳在想些什麼。」成雲開微低著頭，看著她的眼睛道：「定是羅遠山那個老頭兒跟妳說了些什麼，將我夫人的魂都勾走了去。」

蘭亭亭笑著推搡了他一下。

「那你倒是猜猜，猜中了有獎。」

成雲開抬頭看著遠方的月亮，開口道：「去邊關的路上，我想的全是如何打勝這場仗，哪怕見到妳來時，我滿腦子都還是想著這些事情，想著如何彌補上一世的遺憾、如何向世人證明我自己。」

他忽然笑了起來。

「當時妳說累了，我自然知道妳對這些身外之事都並不在意，但我當時就像是陷在上一世的魔咒中，眼前只有勝負慾，卻不知道我早已得到了我想要的一切。

「在邊境的那一晚，我猜到妳可能出事之時，第一反應便是想趕快返回營地看妳。但是我已經將前線的士兵帶到了戰場之上，我不能不負責任的甩手便走，置戰事於不顧，我那時候才意識到，原來這才是我的負擔和累贅，因為這些事情，我竟不能及時脫身，第一時間回到妳的身邊。」

蘭亭亭握了握他的手。

「那不怪你，是我先隱瞞了這事。」

「我獨自一人回去找妳的路上，想了很多，也放下了很多。」

成雲開停了下來，轉過她的身子，讓她看向自己。

「意識到自己可能會失去妳的那一刻，我才終於遲鈍地明白，原來過去那些打打殺殺、勾心鬥角的生活，不過是為了滿足我自己內心的恐懼和不安，越在這樣的環境中活下去，只會讓我越發的無法逃離。

「妳說得不錯，我該遠離這樣的生活。」成雲開看著她的眼睛，睫毛微顫，在月光下漫出一道陰影。「只有在妳的身邊我才能得到真正的平靜。」

蘭亭亭看他喉結上下滑動，頗為動情的又對她道：「妳想要過什麼樣的生活，想去哪裡生活？」

蘭亭亭也有些激動地看著他。

他沒有猜錯，自從聽到羅遠山要退居朝野的消息之後，她內心遠離朝堂的心情更甚，從心底萌發，蔓延到了全身。

「你現在已經是一品大官了，真願意放下一切，同我離開？」

成雲開大笑道：「我沒有放下一切，我是要跟著我的一切離開，只要夫人不拋棄我，為夫便要糾纏妳一輩子。」

蘭亭亭聽罷卻蹙起了眉。

「那我要是拋棄了你，你還真要扭頭便走了？」

成雲開將她抱入了懷中，頭靠在她的肩頭蹭了蹭。「妳哪捨得我……」

蘭亭亭感受著他咚咚的心跳聲，堅定而有力，也側頭在他的頸窩笑道：「我也要糾纏你一輩子。」

皇上近日來有些頭疼，接二連三收到了羅遠山、成雲開、阿蘭遞來的辭呈，他們是如此的堅定，留怕是留不住了，但他仍舊試圖說服成雲開與他保持書信的往來。

他早已派人調查過他手中的情報網，是大內密探都難以企及的稠密。

成雲開卻向他行了最後一個禮道：「朝野之中定然還有皇上可以信賴之人，孟樂無向來是皇上身邊的忠臣，臣既然要離開，也必然會將皇上需要的一切留給皇上，這些對臣來說早已是身外之物，望未來能對皇上有所用處，也算是為臣盡忠了。」

他恭敬地說完，然後，便頭也不回的轉身離開。

而被點名的孟樂無卻在太醫院忙碌之際，接到了皇上的召見，他看了眼蘭亭亭，微蹙著眉進宮面聖。

蘭亭亭忍不住同呂羅衣嘆道：「皇上這辦事效率就是高啊！」

「你們當真明日便離京？」

呂羅衣牽著她的手，有些捨不得。

「是啊，準備先去江南，然後再去一趟泉州，之前都是因公事才回去，這回是真的要回家省親了。」蘭亭亭笑了起來。

呂羅衣見她微彎的眼角，也笑了起來。

「這一趟從邊關回來之後，我總覺得妳變得有些不同，但又說不上哪裡不一樣，現在我是看出來了。」

蘭亭亭挑眉道：「哪裡不同？」

「過去，妳總是獨來獨往的，笑起來時是乾脆俐落的開心。」呂羅衣看著她，拖長了尾音。「現在嘛……」

「現在難道我就不乾脆俐落了嗎？」

「現在笑起來是安穩的幸福。」呂羅衣笑道：「恭喜阿蘭小姑娘，妳成長了！」

蘭亭亭本想推搡下她，又想起了她現在的情況，挑起眉調侃道：「那我可是比不了孟夫人，馬上就要升級當娘了，妳這是將我彎道超車了！」

呂羅衣的手輕輕搭在腹上，笑道：「回頭孩子的滿月酒，妳和成大人，啊不，成大哥，可一定要回來湊熱鬧。」

蘭亭亭立馬道：「那還用說，孩子乾娘的頭銜我已經預定了，誰都不能跟我搶！」

「一言為定！」

成雲開在蘭亭亭收拾行李的時候，注意到了那個紅盒子，他們從泉州離開的時候，阿蘭的娘親將它作為嫁妝送給了他們，而蘭亭亭卻從未打開過那盒子。

所以當蘭亭亭拿著紅盒向他走來的時候，他搶在她的前面開口道：「先去義昌？」

蘭亭亭微微一驚，笑道：「你可真是我肚子裡的蛔蟲！」

「胡說。」成雲開反駁道：「夫人肚子裡才沒有蛔蟲，我是在夫人的心裡。」

蘭亭亭聽著起了一身雞皮疙瘩，忍不住推了下他。

「你這是從哪裡學來的噁心話！」

成雲開蹙了眉狐疑道：「我見孟樂無同他夫人說時，人家可不是這個反應。」

蘭亭亭忍不住腦補出孟樂無說出此話的模樣，忍不住打了個激靈，原來甜寵文裡的男主，撒起嬌來竟是這副面孔。

她連忙對成雲開道：「你可別再同他學這些個東西了！」成雲開哈哈大笑起來。「但是說起來，當真還是要感謝他，若不是他，我還真想不出來找皇上賜婚這先斬後奏的法子。」

兩人嘻鬧著收拾好了行李，第二天一早隨著馬車的顛簸向南方奔去，沒幾日便到了義昌，他們幾經打聽終於找到了朱世江的埋葬之處，就在城西的山上。

春天，萬物勃發的季節，他們沿著小路上了山，看著周圍遍地盛開的迎春花，嗅著空氣中瀰漫的花香，頓覺神清氣爽，彷彿他在期待著他們的到來。

在半山腰處，他們看到了一座土墳，正是朱世江的埋葬之處，並沒有怎麼修飾，卻是被清掃得很乾淨，應是當地的百姓時而來掃墓。

蘭亭亭將阿蘭母親所送的嫁妝和她與朱世江往來的書信，埋在了小墳旁。

「生不能同衾，但死可以同穴，希望你們的靈魂可以就此安息。」蘭亭亭心中對阿蘭有說不清的情緒，一半愧疚，一半感激，如今她也算是遂了她的心願。「或許來世，你們能夠再次相伴。」

「葬在此處，而不是他們相遇的地方，也不是他們的家鄉，他們便可以擺脫掉家人、世俗的束縛，自由的相伴了吧。」

成雲開擦了擦朱世江的墓碑，他的名字堅韌而筆挺的立在上面。

離開了義昌，他們又先後去見過彼此的父母，正式叫過了爹娘，阿蘭的父母早已知道他們已成婚，而成雲開的父母卻被這消息驚得有些不知所措。

成雲開的爹甚至還將蘭亭亭叫到一旁，偷偷對她道：「他若是強取豪奪逼妳嫁他的，妳可要告訴我和妳娘，我們定會為妳主持公道，可不能受了這小子的氣！」

蘭亭亭想起成雲開每天晚上小心翼翼地環抱著她的樣子，無奈地笑道：「他不受我的氣便不錯了。」

成父眼神一亮，拍了拍蘭亭亭的肩道：「好啊！兒媳婦管得住他我就放心了。」

蘭亭亭從屋中出來，便見成雲開陰著臉走過來，看了眼房門問道：「他又跟妳胡說了些什麼？」

蘭亭亭看著這口不對心的父子倆，打哈哈道：「讓你聽我的，對我好，你能做到不？」

成雲開卻是很瞭解自己的爹。「肯定不是妳說的這個，他總沒什麼好話。臭老頭！」說著，捋起袖子便要進去與老頭兒幹架。

在蘭亭亭和成母的阻攔下，這才避免了一場父子相殺的慘烈事端。

他們沒有在江南和泉州逗留很久，準備離開的那天一早，蘭亭亭出奇地起了個大早，忽然對成雲開問道：「你有沒有發現自己的身體最近有哪裡不同？」

成雲開被這句沒頭沒尾的話問得發愣，看著蘭亭亭意味深長的笑容，又似乎明白了一點，他忽然紅了臉，側過頭清了清嗓子。

「夫人可是不滿意嗎？」

蘭亭亭故意引導他往錯誤的方向想著，得逞之後又哈哈大笑道：「你想到哪裡去了！我是說你的頭痛症呢！」

成雲開臉紅得更加厲害，但轉念一想，的確自從離開邊關後，無論他做出與上一世如何不同的舉動，他的頭痛症都未再發作過。

「的確沒有再犯過了。」

蘭亭亭笑道：「我猜得果然沒錯！」

成雲開狐疑道：「是陸醫師治好的？」

蘭亭亭搖了搖頭，挑眉道：「當初陸醫師沒能診出你的頭痛症來，我便覺得奇怪，在邊關你昏睡之時，我又將你的病症說給了她聽，她再診脈也未能發覺，我便知道，你這個病症，是心理作用。」

「妳是說，我其實並沒有頭痛？」成雲開忍不住蹙眉，他回憶著每一次的痛楚，卻都歷歷在目。

「不，痛苦是真實存在的，但並不是因為你的身體出了毛病。」蘭亭亭牽起了他的手道：「或許是上一世的經歷你一直無法忘懷，每每做出與之相反的決定，你就會難以承受，心中的壓力才會轉換為肉體的疼痛。但現在，你已徹底將過去放下，不再介懷曾經的記憶，自然也就不會再痛了。」

蘭亭亭拉著他的手放在自己的臉頰上。

「所以說，是我治好了你的病，我是你的大恩人！」

成雲開看著她笑了起來，在她的臉上輕輕落下一吻，從懷中取出了一張大燕的地圖，攤在桌子上，將筆遞給了她。

「那麼我的大恩人，咱們下一站要去哪裡呢？」

蘭亭亭支著下巴思考了片刻，大手一揮便在當中圈起了五、六個地方，成雲開連忙攔住。「小祖宗，您這快把大燕地圖給塗黑了！咱能一個一個的來嗎？」

蘭亭亭呵呵一笑道：「松鼠桂魚、佛跳牆、水煮肉……我全都要！」

七年後——

半個月前，臨即城中新開張了一家賭坊，卻是和過去常規的論大小、搖骰子不同，這家賭坊從京城帶來了一門新的賭法，街坊四鄰打聽下，才知名曰「麻將」。

這賭坊門口高高的匾額上寫著「麻將館」三個大字，總有年紀輕輕的小夥子想到裡面一試運氣。

小二剛點完籌碼，又見門口進來了個十五、六歲的少年，他正揹著行囊，身形挺拔，與常來賭坊的人模樣大不相同。

「公子這是來玩玩的？」

少年將包袱放在他的手上。「找你們老闆。」

小二一聽這話自然不敢懈怠，連忙在前引路，沿著一旁的樓梯上了二樓，敲了敲包廂的門道：「老闆，有人找您！」

裡面回道：「二筒！誰啊，讓他進來吧。」

屋中，蘭亭亭正敲著桌子，蹙眉看著成雲開道：「你能不能快點出牌？」

成雲開卻托著腮，愁眉苦臉地盯著手中剛抓來的牌，猶豫著要不要換一張，一抬頭看到了剛進屋的眼前人，手一抖，牌落在了桌上。

「胡了！」蘭亭亭定睛一看那張牌正是自己等了兩輪的五筒，大笑道：「點炮大包莊！這回你可算是失血了。」

成雲開揚了揚下巴道：「妳看誰來了。」

蘭亭亭側頭一看，來人正笑盈盈的看著她，她越看越覺得面熟，不覺站起身來，走到那人的面前，驚喜道：「阿豐?!」

秦豐笑道：「我打聽了三天，才打聽出來你們這店的位置。」

蘭亭亭看著他，拍了拍他的胳膊，強壯有力，個頭更快趕上成雲開了，她忍不住嘆道：「七年了，自從那年聽說你逃出書院，我和雲開找了你許久，你卻像條落水的魚，一眨眼就沒了去向，我們還擔心你過得不好。」

她說著上下打量了他一遍，笑道：「皮膚黑了，卻更健壯了，挺好，挺好。」

成雲開也走到了他的面前。「打算在這兒住幾天？」

「兩晚，後天一早我就要啟程去灤西軍營報到了。」秦豐笑得開心，露出了一排大白牙。

蘭亭亭的神色忽然有些飄，她小心翼翼地問道：「你後來，回過灤西嗎？」

秦豐沈默了下，舔了舔嘴唇。

成雲開拍了拍他的背道：「走吧，先回家吃飯，嚐嚐夫人的手藝。」

蘭亭亭聽罷，拍了拍胸脯道：「我已經學了十天了，包你滿意！」說完，在另外兩位牌友一致的數落聲中，她一邊抬手、一邊不好意思地道著歉，連忙溜回了家。

在蘭亭亭跑到廚房大展拳腳的間隙，成雲開與秦豐二人頗為尷尬地坐在茶桌兩旁，兩人皆是默默地喝著茶，見茶壺中水已見底，成雲開才起身去裝水。

「我當時逃走，並不是因為你。」秦豐忽然開口。「而是當時我聽說了下池鎮出事的消息。」

成雲開回過身來，驚訝道：「你回去了？」

秦豐點了點頭。

「不錯，我那時就得知了我父母因動亂而死的消息……」

他說著握緊拳頭，低下了頭。

「我當時便想，我已經沒辦法平靜下來繼續讀書了，我必須快速的強大起來，我得有拳頭才能說話，才能保護自己。」

成雲開見他身上有著許多傷疤，便知他這些年過得十分辛苦，自然也知他不想多提，對他點了點頭，肯定道：「當兵也不錯，能磨鍊人，成長得更快些。」

秦豐笑道：「我早已想開了，倒是沒想到成大哥居然放棄了高官厚祿和勃勃野心，甘願在這裡當一個『老闆娘』。」

「你可別取笑我了。」成雲開倒來熱水，又泡好了茶。「繼續留在朝堂，你還有沒有機會再見到我都不好說。」

秦豐道：「皇上這幾年手段的確更強硬了些，一個月前太后駕崩，他以雷霆之力清掃了過去太后的全部勢力，也的確幸好你們退隱得早。」

他們二人正說著話，忽然聽到屋裡傳來一陣陣嗷嗷的叫聲。

蘭亭亭端著菜走來，相互倒著手，燙得停不下來嘴，好不容易才終於將那一盤剛出爐的好菜端到了秦豐的面前。

「來嚐嚐，我剛學會的糖醋里脊！」

秦豐看著眼前黑糊糊的一坨不知何物的東西，扯了扯嘴角，側頭向成雲開發出求救的眼神。

後者當即側過身去，抬手攬住蘭亭亭的肩頭，對他露出了一臉看熱鬧不嫌事大的笑容。

「你別看這菜其貌不揚，這吃著還是很好吃的。」蘭亭亭見他拿著筷子的手抖得厲害，連忙解釋道：「雲開已經連吃兩天了，你看，這不還活蹦亂跳的嗎？」

成雲開抿唇笑著點了點頭，卻在蘭亭亭沒再看他時，露出了嘔吐的表情。

秦豐看著蘭亭亭期待的眼神，終於狠下心挾起了最小的一塊肉，閉上了眼，將將挾到嘴邊，忽然被人按下。

他正感慨是哪路神仙看不下去來拯救他時，便聽蘭亭亭快快道：「算了算了，看你這一副英勇就義的表情，放過你了，畢竟後天還得去軍營報到，這樣的苦瓜臉還以為誰虐待你似的。」

秦豐長舒一口氣，成雲開見狀忍不住笑道：「還是下館子去吧！就別再煩勞夫人了。」

蘭亭亭托著腮想了想。「但也不能浪費，不如，留著晚上由夫君來解決掉吧！」

成雲開看著那一坨新鮮的「糖醋里脊」，胃裡一抽。

臨即城中最大的一家酒樓，早已被成雲開定好了包廂，方才回家做飯本就不過是想讓秦豐見識見識蘭亭亭的廚藝，滿足一下她濃烈的與人分享勞動成果的心情，這回，才是正經來吃飯的。

酒過三巡，幾人都放鬆了些許，雖然七年未見，但畢竟曾經相處過一段時日，天南地北的聊著，也覺得時間過得很快。

「對了！」秦豐一拍桌子，忽然道：「我從北邊來的路上，聽到太后駕崩的消息之時，遇上了件怪事。」

「什麼怪事？」

「太后大葬，要全國守喪三日，所有酒樓、賭坊都不得開張，你們這裡也是這樣吧？」

蘭亭亭回想了下，點了點頭。

「雖然當時我們還沒開業，但是也聽隔壁的鋪子說了。」

「偏偏，我住的客棧對面有個不大的酒樓，不只沒有關門謝客，還大擺宴席說要免費給顧客白吃個三天三夜。」

蘭亭亭挑眉。「還有這等勇士？」

「是不是很奇怪？」

秦豐倒上了酒，一飲而盡。

成雲開問到了重點。「有人敢去？」

秦豐呵呵一樂。「確實有人，卻不是客人，而是當地的府衙派了衙役砸店，還將老闆抓走了。」

「這真是奇事了！」蘭亭亭驚嘆道。

「還有更奇的呢。」秦豐舉著杯子，狡黠地瞇起眼睛左右看了看，才道：「你們猜這老闆是誰？」

「難不成我們還認識？」

蘭亭亭看了看成雲開，後者聳了聳肩。

秦豐神秘兮兮道：「這老闆是個女的，當年陳國使臣中毒一案，在嘉軒閣後廚，我曾與這位姊姊有過一面之緣，但後來聽說她因為給太后下毒被賜死，我記得她的名字好像叫……」

「甘靈兒?!」蘭亭亭站起了身，酒醒了大半，俯下身去，扯著秦豐的領子問道：「她被抓走了之後怎麼樣了？什麼時候的事了？」

秦豐被她的舉動嚇了一跳，也將將清醒了些，回道：「聽說，皇上後來派人直接將她押送進京了，她當年沒死，或許就是皇上放的水，我想這回應該也不會有性命之憂……」

蘭亭亭這才鬆了手，又坐了回去，想了想覺得他說的有道理，皇上若想殺她，的確沒必要如此大費周章，但甘靈兒也不是傻子，這樣明目張膽的舉動，定然會引起他人的注意。

如此說來，或許只有一個可能，她本來的目的，便是要進京面聖。

七年了，不知是還有什麼讓她如此放不下的。

蘭亭亭歪著頭想著，成雲開卻揉了揉她的臉道：「小祖宗，妳就別管別人了，妳乾女兒的名字是不是還沒起好呢？」

蘭亭亭一拍腦門，暗道不妙。

「什麼乾女兒？」秦豐不明所以地問道。

「太醫院呂院長的孩子。」成雲開解釋道：「上個月寄了信來，說是上回乾兒子的名字是他們起的，夫人聽了心癢癢，這回便讓她來起名。得，這幾日光想著她的糖醋里脊了，全然把這個活兒給忘了。」

他說著，敲了敲蘭亭亭的額頭。

「看妳過幾日去參加人家的滿月宴要怎麼交代。」

蘭亭亭托著腮，也不再喝酒，開始冥思苦想。

秦豐在這裡待的兩日所吃的飯，比他來的路上吃得都多，蘭亭亭像是填鴨子一樣的拉著他到當地每一家美食酒樓之中挨個兒品嚐，還美其名曰「孩子長身體呢」！

最後，秦豐不得不在一大清早，捧著吃過了三屜包子的肚子，苦笑著與他們道別，走上了屬於他自己的那條路。

望著秦豐的背影，蘭亭亭有些感慨。「秋苒如何？」

成雲開側目，搖了搖頭。「太蕭瑟了。」

「起名字可是個腦力活兒。」蘭亭亭嘆道：「腦力活兒也需要補充體力。」

成雲開震驚。「妳還沒吃飽？」

蘭亭亭揚了揚下巴，扭過頭回了身，幽幽地留下一句。「我吃飽了，『他』可還沒有！」

成雲開愣了一下，才將將反應了過來，臉上騰地紅了，開心的大喊一聲，回身抱她時卻十分小心翼翼，生怕傷到她。

蘭亭亭靠在他的懷裡，笑得明媚。

——全書完

2022年5月出版

青梅一心要發家

文創風 1065～1067

穿到農村成了個小丫頭，還沒適應新生活，她就發現此地非比尋常——
村民個個身懷奇技，村外還有陣法保護，娘親舉手投足更不像個農婦；
她到底是穿來了個什麼地方？這裡還有多少秘密……

小小丫頭點樹成金，發家致富心想事成／連禪

穿來這個鄉間小農村，成了一個五歲丫頭，南溪欲哭無淚！
不但自己年紀小不能成事，又只有寡母相依，母女倆日子實在清苦；
幸好定居的桃花村是個寶地，與世隔絕又清靜，居民也彼此照顧，
只是住著住著，她怎麼覺得這個桃花村隱隱透著不尋常？
比如村長是個仙風道骨的中年道士，斯文瘦弱的秀才居然會打獵，
看來柔弱不能自理的小娘子卻會打鐵，還有瞎眼的大娘能用銀針射鳥！
而娘親能教她讀書，倒像是個世家小姐，又為何流落到這個荒山村落中？

文創風
1074

九流女太醫 下

國家圖書館出版品預行編目資料

九流女太醫 / 閑冬著. --
初版. -- 臺北市 : 狗屋出版社有限公司, 2022.06
冊 ; 公分. --（文創風 ; 1073-1074）
ISBN 978-986-509-333-4（下冊 : 平裝）. --

857.7　　111006674

著作者　閑冬
編輯　李佩倫
校對　沈毓萍
發行所　狗屋出版社有限公司
地址　台北市104中山區龍江路71巷15號1樓
電話　02-2776-5889～0
發行字號　局版台業字845號
法律顧問　蕭雄淋律師
總經銷　知遠文化事業有限公司
電話　02-2664-8800
初版　2022年6月
國際書碼　ISBN-13　978-986-509-333-4

定價260元
狗屋劃撥帳號：19001626
網址：love.doghouse.com.tw　E-mail：love@doghouse.com.tw